ISBN 3-932179-62-5
1. Auflage

Federzeichnungen von Bernd Kerber
Kalligrafien von Gerbert Linden

Maienstein Verlag, Schwarzwaldstr. 21, 79199 Kirchzarten

Als wäre ich nie dort gewesen.

Erzählungen.

Walburga Rehmann

Mit Federzeichnungen von Bernd Kerber

Inhalt

Schwäbische Geschichten.

Scheiden tut weh.

Früher habe ich es noch manchmal versucht, aber ich weiß, es klingt lächerlich, wenn man's nicht kann. Dann sollte man es lieber bleiben lassen. Dabei konnte ich es doch so gut, nämlich schwäbisch sprechen! Wie das kam?

Es begann damit, dass meine Mutter und mein Vater, beide aus Westfalen stammend, in Stuttgart lebten. Zum Ereignis meiner Geburt allerdings reiste meine Mutter in ihre Heimatstadt zu ihren Eltern, wodurch sie mich, nur wegen dieses kurzen Aufenthalts dort, westfälisch machte. In meinem Pass steht unerbittlich, mein ganzes Leben lang, als Geburtsort diese westfälische Stadt. Meine beiden Schwestern sind in Stuttgart geboren, und denen ist das im Gegensatz zu mir völlig gleichgültig.

Sobald ich auf der Welt und reisefähig war, kehrte meine Mutter zurück nach Stuttgart. So verbrachte ich also die erste Zeit oder, genauer gesagt, die zweite Zeit meines Lebens in Stuttgart. Ich habe da aber noch nicht schwäbisch gesprochen. Da habe ich nämlich noch gar nicht gesprochen. Das konnte ich nicht. Ich war zu klein.

Es war im Krieg. Als die Bombenangriffe das Leben in Stuttgart allzu gefährlich machten, zogen meine Eltern mit ihren Kindern in ein klei-

nes Dorf auf der Schwäbischen Alb. Dort wuchs ich zweisprachig auf. Mit den Kindern und den Dorfbewohnern schwätzte ich schwäbisch, zu Hause mit meiner Mutter und den beiden Schwestern hochdeutsch, zumindest glaubte ich, es sei hochdeutsch, aber so völlig hoch war es wohl doch nicht.

Jedenfalls fand ich es sehr interessant, zwei Sprachen zu beherrschen. Ganz bewusst sprach ich beim Spielen mit den Kindern schwäbisch, bei der Rückkehr nach Hause hochdeutsch oder das, was ich dafür hielt. Ich kam mir sehr gut vor.

Aber gut ging es überhaupt nicht weiter. Auch wegen der Sprache. Meinen Vater führten seine Sprachkenntnisse in den Tod. Das passierte so: Wenige Tage vor Kriegsende kamen fremde Soldaten in unser kleines Dorf. Diese verstanden nicht unsere Sprache, zumindest nicht die schwäbische, so wie die Dorfbewohner deren Sprache nicht verstanden, außer meinem Vater. Der konnte viele Sprachen. Fast den ganzen Krieg über war er nicht zu Hause gewesen, aber in der Zeit, Ende April 1945, war er da, zur Erholung nach einer schweren Krankheit. Und so wurde er herbeigerufen, wenn man einen Übersetzer brauchte, auch an jenem Tag, auf einen kleinen Bauernhof, der am Ende vom ›Gängele‹ lag.

Als er sich dem Hof näherte, richtete einer der Soldaten sein Gewehr auf ihn und drückte ab - warum? - bevor er auch nur ein einziges Wort zur Verständigung hatte sagen können. Er war schon tot, als meine Mutter, die man geholt hatte, zu ihm kam. Später erzählte sie einmal, dass sie am nämlichen Morgen auf ihre heftig hervorgestoßenen Frage: »Was soll denn nun der Sinn dieses Lebens sein?« von ihrem Mann die Antwort erhalten hatte: »Es zu leben.«

Ich habe immer noch das Bild vor Augen: Meine ältere Schwester, vor der Mutter auf dem Stuhl stehend und damit so groß wie sie, beide schlingen ihre Arme umeinander und weinen bitterlich. Ich, klein, auf dem Fußboden, schaue sie mit erschreckten Augen an und halte mich an meinen eigenen Händen fest.

Ein paar Monate später, Anfang September, war meine Mutter Lehrerin in der kleinen Schule des Dorfes, die erste, zweite, dritte und vierte Klasse in einem Raum. Meine Schwester Gudrun, „Dudunle“ genannt, und mich nahm sie mit in die Schule. Es waren etwa zwei Wochen, bevor ich fünf Jahre alt wurde.

Ich ging gern in die Schule.
Mit viel Kraftaufwand, den Atem anhaltend, malte ich Buchstaben und Zahlen in mein Heft. Ich war stolz auf meine Leistung, bis, ja bis wir auf einmal wieder umzogen, in eine Kleinstadt in der Nähe meines

Geburtsortes, wo die Großeltern zusammen mit ihrer anderen Tochter, deren Mann auch gefallen war, Zuflucht gesucht hatten, in ihrer kleinen, ehemaligen Zigarrenfabrik. Meine Mutter arbeitete weiterhin als Lehrerin, nun auf einem Gymnasium. Das war ihr eigentlicher Beruf.

Und ich hatte alles verlassen müssen! Ich liebte das Dorf, in dem ich bisher gewohnt hatte! Ich liebte meine Freundin Emma, mit der ich so oft gespielt hatte - dreimal schrieb ich ihr, zweimal erhielt ich eine Antwort - ich liebte das Pferd, dessen Stall gleich neben unserm Haus war. Ich liebte die Schaukel auf der andern Straßenseite, da schwang ich hoch, so hoch hinauf in den Himmel. Ich liebte den Friedhof neben der kleinen Kirche mit dem Grab meines Vaters; nur den Helm, der an dem Kreuz hing, hasste ich von ganzem Herzen. Ich wusste genau, daß man keinen Helm mehr brauchen würde, denn nie wieder würde es Krieg geben, nie wieder würden irgendwelche Leute so dumm sein, noch einmal gegeneinander zu kämpfen, in keinem Land der Welt!

Die neue Schule erschien mir groß. Jede Klasse hatte ihren eigenen Raum. In Westfalen begann das Schuljahr an Ostern, während wir in dem schwäbischen Dorf im Herbst angefangen hatten. Ich wurde in dieselbe Klasse geschickt wie Dudunle. Sie wiederholte das halbe Jahr, ich hingegen musste es überspringen. Ich saß nun mit meinen sechs Jahren in dieser Klasse und begriff nichts von dem, was da geschwätzt wurde.

»Hör doch auf, mit den Fingern zu spielen!« sagte einmal die Lehrerin. Ich war empört! Mit den Fingern spielen! Ich bin doch kein Baby! Ich spielte mit einem Stück Schnürbändel, das ich auf dem Fußboden des Klassenzimmers gefunden hatte! Ich machte Knoten, löste sie wieder auf, band Schleifen, wickelte das Bändel um meine Finger; schließlich musste ich mich doch irgendwie beschäftigen in dieser Klasse, in der ich nichts verstand!

Während der Pause lief ich immer rasch fort, in eine möglichst weit entfernte Ecke des Schulhofs, indem ich vor mich hinmurmelte: »I hab koi Kourasch!« Aber diese Flucht nützte mir nichts. »Waate!« riefen die anderen Kinder hinter mir her! Das sollte heißen: »Bleib stande!« Mein schwäbisch gefärbtes Hochdeutsch unterschied sich allzu sehr von ihrem Westfälisch. Und mir das zu zeigen, machte ihnen rechten Spaß!

Schließlich versprach mir meine große, starke Schwester, in der Pause zu mir zu kommen und mir zu helfen. 0 ja, ich freute mich, das war gut, dann würde keiner mehr wagen, mich zu ärgern! Aber, nicht einmal gelang es ihr, sich gegen all die Kinder zu wehren. Auch dieses Bild sehe ich noch vor mir: Zwei kleine Mädchen, an die graue Mauer des Schulgebäudes gepresst, umzingelt von fünfzehn bis zwanzig Kindern, welche sich an den Händen gefasst hatten, einen Halbkreis bildeten und sie auslachten und veräppelten. Was mich dabei am meisten erschütterte, war, daß Dudunle genauso hilflos da stand. Ich selber war das ja schon gewohnt. Außerdem geschah es mir ganz recht. Ich war ja so dumm in der Schule. Sie aber konnte und wusste alles. Und das nur, weil wir zugezogene, fremde Schwaben waren. Dabei waren wir doch gar keine. »Moi Muede isch koi Schwob!« Aber das konnte ich den Kindern nicht erklären, wollte es auch gar nicht, weil ich selber ja doch a Schwob war!

Am nächsten Morgen war ich wie immer allein auf dem Gehweg oder Bürgersteig, wie es im Westfälischen heißt, welcher auf der der Schule entgegengesetzten Straßenseite lag. Die anderen Kinder gingen natürlich auf dem Bürgersteig, der direkt zur Schule führte. Ich verließ meinen geschützten Gehweg erst dort, wo er die Höhe des Schulgebäudes erreicht hatte. Auf einmal hörte ich meinen Namen:
»Bääabel, komm doch rüber!« rief Helga, ein Schülerin meiner Klasse.

Mich spricht jemand an! Mit mir, dem schwäbischen Mädle, will jemand zur Schule gehen! Ja! Ich lief rüber: »Grüß Gott, Helga, ich meine, Tach, Helga!« und schaute sie freudig an.

Da spürte ich ihre Hand auf meinem Gesicht. Klatsch! Und noch einmal Klatsch und noch einmal!

Nun wäre es gewiss sehr eindrucksvoll, wenn ich mich als schlimm zugerichtetes Opfer darstellen könnte, aber das entspräche nicht der Wahrheit. Es tat nämlich nicht sehr weh. Oder als Heldin, die tapfer die Schläge abwehrt. Oder als Märtyrerin, die sich geduldig schlagen lässt. Nichts dergleichen! Zunächst war ich so verblüfft, daß ich überhaupt nicht reagieren konnte. Dann hatte ich Glück, sozusagen! Meine Nase hatte schon immer leicht geblutet. Und das tat sie auch jetzt, und zwar heftig. Als ich spürte, wie das Blut hinablief, über die Lippen, über das Kinn, auf den Pullover, wußte ich, daß ich nun endlich bläähre durfte. Und ich bläärte! Ich bläärte vor Schmerz über den Abschied von meinem Dorf, von meiner Freundin Emma, ich bläärte vor Schmerz, dass die Kinder mein Schwäbisch so hässlich fanden, dass ich ihr Westfälisch so hässlich fand, ich weinte vor Schmerz, dass sie meine große, starke Schwester geärgert hatten, ich weinte vor Schmerz, daß es diesen grässlichen Krieg gegeben hatte, der die Söhne meiner Großeltern, so viele Väter und meinen eigenen getötet hatte, ich heulte vor Schmerz, dass niemand meinen Schmerz verstand.

Ich drehte mich um, lief brüllend die Schulstraße zurück, bog brüllend um die Ecke, brüllte die Bahnhofsstraße entlang und warf meinen ganzen Schmerz in die Arme meiner Omma, die mich liebevoll und - westfälisch tröstete.

Am nächsten Morgen holte mich eine Lehrerin ab und nahm mich mit in die Schule. Ich kam in eine andere Klasse, eine Stufe tiefer. Mit einem Schnürbändel brauchte ich nicht mehr zu spielen, denn nun verstand ich alles, was man uns beibrachte.

Nach und nach legte ich meinen schwäbischen Akzent ab. Westfälisch habe ich nie gesprochen. Ich sagte nie, wie die andern Kinder, zu Gerda Cheada, ein Gärtner war kein Chäatna, ein Pferd wurde nicht zu Feard, ich sagte auch nicht Herr Farrer, ich fuhr nach Warburg, nicht nach Waabuach, nie kam für jetzt ein getzt über meine Lippen. Heilig war heilig und wurde nie zu heilich. Aber gelegentlich bin ich doch angefangen, westfälischen Einflüssen zu unterliegen. So bin ich in der Badeanstalt geschwommen und habe dort einen Köpper vom Einser gemacht. Ich spielte nicht auf dem Speicher oder der Bühne, sondern auf dem Boden, ich machte Spaziergänge mit Oppa, Besorgungen mit Omma, mein Taschengeld hob ich im Portemonnaie auf, nicht im Geldbeutel. Ich sagte nicht mehr: bis am Fridigg, sondern bis Freitag. Ich wurde Ostern in die höhere Klasse versetzt und brauchte für die Zeitangabe kein an mehr. Ich machte meine Hausaufgaben auch nicht unter der Woche, sondern Schulaufgaben während der Woche. Ich nannte Tante Mathilde Tante Mathílde, und nicht, wie ich es früher getan hätte, Tante Máthilde. Dass es nicht mehr der Butter, sondern die Butter hieß, war mir ziemlich gleichgültig, denn für uns Kinder gab es eh nur Margarine außer am Sonntag. Im Streit mit andern Kindern beschimpfte ich sie nicht als Dubbel oder Lumpensäckel, sondern sie hießen Blödmann, doofe Schrulle oder Heulsuse, was unabhängig vom Geschlecht sowohl für Mädchen wie Buben, ich meine Jungen, galt, je nachdem, ob sie heulten, blöd oder doof waren.

Aber dass ich woanders herkam, war mir stets im Sinn. Wenn wir im Heimatkundeunterricht lernen sollten, wo Bielefeld, Enger, Herford, Bünde, Lemgo lagen, schlug ich im Schulatlas die Karte von der schwäbischen Alb auf und suchte. Eines Tages entdeckte ich wirklich den Namen! Da stand er! Fasziniert starrte ich auf die Buchstaben. Mein kleines Dorf, verzeichnet in dem Atlas! Am liebsten hätte ich es allen in meiner Klasse gezeigt: Schaut, dort bin ich gewesen! Verzichtete aber darauf, in der weisen Vermutung, dass sie sich nicht dafür interessierten.

Nach wenigen Jahren zogen wir wieder um. Diesmal tat ich's leichten Herzens. Ich wusste inzwischen: Leben heißt weiterziehen. Ich war gespannt auf die neue Stadt, Detmold mit Namen, die in Lippe liegt und wo die Leute lippisch sprechen. Und, als wir dort waren, begeistert von dem wunderschönen, alten Haus inmitten des großen, leicht verwilderten Gartens und den hohen Bäumen, von dem Blick über die Stadt und die Hügel und vom Teutoburger Wald. Die ganze große Familie war mit umgezogen. Das Scheiden von dieser Umgebung sollte mir eines Tages sehr weh tun!

Sobald ich das Gymnasium beendet hatte, ging ich zum Studieren nach Tübingen. Da war ich ja fast zu Hause. Dachte ich. Und verstand die Welt nicht mehr, als einige schwäbische Studenten mich wegen meiner norddeutschen Herkunft und meiner preußischen großen Gosch tüchtig beschimpften. Doch das ist eine neue Geschichte, die ich aber erst dann erzähle, wenn ich soweit bin. Zunächst schiebe ich nämlich eine andere dazwischen.

Kindergebete.

Müde bin ich, geh zur Ruh,
schließe beide Äuglein zu.
Vater, lass die Augen dein
über meinem Bette sein.

Dieses Gebet hatte ich rasch gelernt. Und ich verstand es auch. Nicht als ob ich abends müde gewesen wäre, das war ich morgens, wenn ich aufstehen musste, und die Äuglein schloss ich auch nicht, jedenfalls nicht sofort, aber dass die Augen meines Vaters über meinem Bett sein sollten, diese Vorstellung gefiel mir gut. Mein Vater hatte große, blaue Augen gehabt, so wie meine, und sein Haar war ganz dunkel gewesen, fast schwarz, so wie meins. Ja, Vati, schau auf mein Bett, auf mich. Das ist schön.

Hab ich Unrecht heut' getan,
sieh es, lieber Gott, nicht an.

Darin fand ich meinen Vater nicht wieder, aber all diese Verse hatten einen so schönen Rhythmus, wie ein Lied. Ich könnte Tanzschritte danach machen, wenn ich nicht im Bett liegen müsste.

Nach unserm Umzug nämlich, zu unsern Großeltern, mussten wir Gebete auswendig lernen, denn wir wussten kein einziges. Von Gott hatten wir auch nichts, oder fast nichts, gehört. Unsere Mutter hatte sich getrennt von der Religion. Sie wollte ihre Töchter vor den Schuldgefühlen und Zweifeln bewahren, die für sie mit der Religion verbunden waren und unter denen sie selber als Kind so gelitten hatte. Da musste unsere Omma alles nachholen, und das sehr schnell, wie sie fand.

Mein Lieblingsgebet war: ›Gegrüßet seist du, Maria‹. Zwar hatte ich es nicht richtig verstanden, aber zu verstehen brauchte man Gebete nicht, das war mir schnell klar, man musste sie nur auswendig dahersagen können. Und ich konnte es:

»Gegrüßet seisch du, Maria, du bisch voll dr Gnad, dr Herr isch mit dr, du bisch gebenedeid ondr de Weiber.«

»Bärbel, komm, jetzt sprich das doch richtig aus! Ich hab's dir schon so oft gesagt! Das heißt:
›Gegrüßet seist du, du bist, der Herr ist‹!«
Und ich fuhr fort: »Du bisch!«

Schließlich gab Omma es auf. Auch wenn ich sonst längst sagte: ›Du bist, er ist‹ - beim Auswendiglernen der Gebete blieb ich bei: ›Du bisch‹. Das ließ ich mir einfach nicht nehmen!

Das ›Vater unser‹ machte mir nach einigen Misserfolgen auch Spaß.

»Vaterunser, der du bisch im Himmel.«

Vater unser, damit war hier wohl nicht mein eigener Vater gemeint, obwohl der natürlich auch im Himmel war. Das tägliche Brot konnte ich mir gut vorstellen. Ich mochte es vor allem nachmittags, bestrichen mit Rübenkraut, dazu gab's Muckefuck, aber dann, etwas später: ›Wie auch wir vergeben unsern Schuldigern‹. Schuldigern? Das verstand ich überhaupt nicht, bis eines Tages der Groschen fiel. Natürlich, so musste das heißen! Schuldiger, das erinnerte mich an Bräutigam. Diesmal waren es die Erwachsenen, die das Wort nicht richtig aussprachen! Es musste heißen: Schuldigam! Wie auch wir vergeben unserm Schuldigam. Es klingt hübsch. Wie auch wir vergeben unserm Schuldigam!

Auf die Lösung dieses sprachlichen Problems war ich so stolz, daß ich die Stellen, an denen ich vorher gestolpert war, nun auch rasch runtersagen konnte. Doch, ›Vaterunser, der du bisch im Himmel,‹ ist ein sehr schönes Gebet.

Omma freute sich, daß ich die Gebete rasch lernte. Und so ging sie zum ›Gloria‹ über. Ich begriff zwar nicht, was ›Gloria‹ mit ›Ehre sei Gott in der Höhe‹ zu tun hatte, aber Gebete waren ja nur zum Auswendiglernen da.

»Und Friede den Menschen auf Erden.« Ja, das fand ich auch. »Mir lobet di,« und dann fing ich an, mich zu verheddern. »mir betet di aa!«
»Nein, Bärbel, es heißt: ›Wir loben dich, wir preisen dich,‹ und erst anschließend: ›Wir beten dich an‹.«
»Komm, wir fangen noch einmal an!«

»Mir lobet di, mir preiset di, mir betet di aa!«

»Mir saget dir Dank ob deiner großen Herrlichkeit, allmächtiger Gott.«
Was ist Herrlichkeit, was ist allmächtiger?

Mein sechsjähriges Hirn weigerte sich, Worte aufzunehmen, die es nicht begriff, mein Gedächtnis wollte die Allmacht und die Herrlichkeit, das Loben und Preisen einfach nicht behalten!

Immer wieder sprach mir meine liebe Oma diese Worte vor, die ich in keinen Zusammenhang bringen konnte, geduldig, ausdauernd. Vor lauter Eifer, sie mir beizubringen, kam ihr gar nicht in den Sinn, sie mir zu erklären. Und ich fragte auch nicht. Ich hätte gar nicht gewusst, wo ich hätte anfangen sollen mit dem Fragen! Es war ja alles so unverständlich!

Da saßen wir zusammen in der großen Küche, sie auf einem Stuhl, ich ihr gegenüber auf einem Hocker.

»Mir saget di Dank ob deiner...«

Der große Herd war in meinem Blickfeld. Ob sie morgen wohl wieder Himmel und Erde kochen würde? Oder Brotsuppe mit getrockneten Pflaumen? Gar Reibekuchen? Das schmeckte alles so gut! Vielleicht aber auch Graupensuppe! Die mag ich nicht, sage jedoch, dass sie gut ist, schon deshalb, weil all die andern daran rummäkeln. Irgendwie muss die arme Omma doch die vielen Mäuler satt kriegen! Da unterstützte ich sie halt.
»...großen Herrlichkeit«.
»Sohn des Vaters«. Natürlich, was sonst? Wo ist die Mutter? Vielleicht muss sie Geld verdienen oder ist im Krieg gefallen? In meinem Rücken war die Wand zum Wohnzimmer. Da saß Oppa, rauchte eine Zigarre, und Rolli, der Hund, lag zu seinen Füßen. Er freut sich immer so, wenn wir mit ihm spazieren gehen. Dann springt er an uns hoch und tut ganz närrisch.

»Herr und Gott, König des Himmels.«

Aber er jagt immer Hühner. Er kann gar nicht anders. Das ist einfach stärker als er. Natürlich nehmen wir ihn an die Leine, wenn Hühner in der Nähe sind, aber manchmal reißt er sich los und haut ab. Oder wir passen nicht so genau auf. Gut, daß Hühner, wenn sie in großer Not sind, ziemlich schnell laufen und auch ein bißchen fliegen können! AMEN!

»Siehst du, Bärbel, jetzt hast du das ›Gloria‹ schon fast ohne Fehler aufgesagt. Wenn wir es noch ein bisschen üben, dann kannst du es.«
Sie hatte recht. Irgendwann konnte ich es wirklich. Ganz mechanisch

plapperte ich es nach. Preise kommt nach Lobe, dann Aabete, dann Verherrliche. Irgendwann ging es halt.

»So, und nun lernen wir das ›Credo‹!«

Und das war das schlimmste Gebet, viel länger als das ›Gloria‹ und noch viel unverständlicher. Wieder saßen wir uns gegenüber, in der Küche, tagelang, nach den Schulaufgaben.

»Gelitten, gestorben, begraben unter Pontius Pilatus.« Was ist Pontius Pilatus?

»Abgestiegen in die Hölle, aufgefahren in den Himmel.« Aufgefahren, unser Fahrstuhl, in der ehemaligen Zigarrenfabrik. Wenn man an dem rechten Seil zieht, geht's nach oben, an dem linken, fährt er in den Keller. Hat man Pech, bleibt er irgendwo zwischendurch stehen, das ist furchtbar. Wir stecken fest im Schacht. Da habe ich so schreckliche Angst, wie damals in dem schwäbischen Dorf, wo ich mal in dem Klohäuschen, das auf dem Schulhof lag, die Tür nicht mehr aufbekommen hatte und ganz allein dort eingeschlossen war. Ich rief, was aber keiner hörte, weil die nächste Schulstunde schon angefangen hatte. Ich schrie, aber niemand war mehr auf dem Hof. Ich brüllte verzweifelt! Wenn meine Mutter nicht meine Lehrerin gewesen wäre und rasch gemerkt hätte, dass ihre Tochter nicht da war - vielleicht wäre ich jetzt immer noch eingeschlossen in dem furchtbaren Häuschen.

»Abgestiegen in die Hölle.« Ja, das kannte ich auch, die dunkle Höhle, in der wir zusammen mit andern Dorfbewohnern manchmal nachts Zuflucht gesucht hatten, als auch bei uns über der schwäbischen Alb Bomben abgeworfen wurden und ich einmal, als meine kleine Schwester Lilli so weinte, mein Gutsle aus dem Mund genommen und ihr reingesteckt hatte. Welch schreckliches Gebet, dieses Credo, so grässlich wie

das erste Kirchenlied, das ich gelernt hatte:
»0 du Lamm Gottes, am Stamm des Kreuzes geschlachtet!« Das war mir zu blutig. Und ich sah nicht ein, was das geschlachtete Lamm in der Kirche zu suchen hatte!

»Bärbel, noch mal von vorne das ›Credo‹!«
»Noi, i ka des net!«
»Doch, du hast es bald!«

Das ›Gloria‹ und das ›Credo‹ bestätigten mir, was ich seit unserm Umzug wusste: Ich war ein völlig dummes Mädchen, unfähig, etwas auswendig zu lernen, außerstande, dieselbe Klasse zu besuchen wie Dudunle. Sie hatte die Gebete natürlich sofort gelernt, Lilli war noch so klein, die brauchte sie noch nicht zu lernen, hatte sie aber nebenbei mitbekommen und ratterte sie bald fehlerlos runter. Nur ich war der Blödmann.

Wenigstens gab es einen kleinen Trost! Im Katechismus, in den uns Oma schickte, heimste ich viele fromme Karten ein. Der nette Vikar Ungrath überreichte sie mir als Belohnung dafür, dass ich es so gut konnte.

»Womit beginnt die Heilige Messe?«
Ich streckte: »Mit dem Confiteor!«
»Was kommt nach dem Gloria?«
»Die Oratio, dann die Epistel und das Evangelium!«
»Was kommt nach der Präfation?«
»Sanctus, sanctus, sanctus!«
»Wie nennt man den Teil vor und nach der Wandlung?«
»Kanon!«

Er hatte mit uns den Aufbau der Heiligen Messe besprochen. Und das hatte ich rasch begriffen, vielleicht wegen der Karten. Davon wollte

ich möglichst viele haben; es waren einfache, schwarz-weiße Drucke auf grauem Nachkriegspapier mit Bildern von der Muttergottes. Ich sammelte sie für meinen Marienaltar, den ich aufbaute, ähnlich wie es Omma tat.
Übrigens habe ich sie heute noch.
Eine nach der anderen stellte ich sie auf, zusammen mit einem Sträußchen Vergissmeinnicht und Tausendschönchen, die auf meinem eigenen, kleinen Beet wuchsen, und betete dabei:

»Gegrüßet seisch du, Maria,
du bisch voll dr Gnad,
dr Herr isch mit dr,
du bisch gebenedeid ondr de Weiber.«

Die Geburtstagsfeier.

Also, die andere Geschichte. In Tübingen. Dort wollte ich, kurz vor Beginn meines zweiten Semesters, meinen Geburtstag feiern, nur klein, denn in mein winziges Zimmer, das in der Altstadt lag, passten nicht viele Leute. Außerdem hatte ich eigentlich noch keine richtigen Freunde dort. Aber Rosemarie, Hans und Christian, die alle drei in Tübingen zu Hause sind, gefallen mir recht gut, die lade ich ein. Zwei können auf dem Bett sitzen, einer auf dem Stuhl, und für mich werde ich einen Schemel von der Wirtin ausleihen.

Es war ein netter Abend, wir unterhielten uns gut, ich erzählte von meiner jüngeren Schwester Lilli, die auch bald in Tübingen studieren wollte, bis, ja, bis die Rede auf die - aus schwäbischer Perspektive - Norddeutschen oder Preußen kam, also diejenigen, die nördlich des Mains wohnen. Meinen Gästen gefiel es überhaupt nicht, dass sich so viele davon an der Uni in Tübingen breit machten. Zudem warfen sie mir vor, als sei das meine persönliche Schuld, diese Preußen hätten eine so große Gosch, gegen die die Schwob, die mit Worten nicht so geschickt seien, nicht ankämen. Sie würden von ihnen regelrecht zu Tode geredet!

Wie bitte? Das verstand ich nun überhaupt nicht! Die Norddeutschen, große Gosch? Geschickt? Das stimmte doch gar nicht! Hatte ich nicht während meiner Schulzeit immer wieder gehört, die Westfalen seien so stur, die Lipper erst recht? Und nun werden sie hier wegen ihrer Groß-mäuligkeit angeklagt? Später übrigens begriff ich, was die Schwobe

gemeint hatten. Ich gab ihnen nachträglich völlig recht, zumindest in Bezug auf einige Norddeutsche. Damals kannte ich Norddeutsche solch besonderer großschnäuziger Art aber noch nicht.

Und da befand ich mich auf einmal in einer Rolle, die mir überhaupt nicht lag, nämlich, mich gegen die Schwaben für die Norddeutschen einsetzen zu müssen: »Die reden gar nicht andere Leute über den Haufen,« hörte ich mich sagen. Und überhaupt, solche Verallgemeinerungen fände ich doof, es gebe gar nicht *die* Schwaben, *die* Norddeutschen. »Was heißt überhaupt ›Norddeutsche‹, von ›Preußen‹ ganz zu schweigen! So wie Ihr das sagt, ist es erst recht zu allgemein. Norddeutschland besteht aus vielen Gegenden, und Detmold liegt überhaupt nicht in Norddeutschland! Das solltest du, Hans, als Geographiestudent schließlich wissen. Und ob einer schwerfällig oder großgoschig ist, das hängt von seinem Temperament ab, nicht von seiner Herkunft. Aber wenn wir mal in so einer Diskussion verallgemeinern müssen, dann sind es die Westfalen und Lipper, die auf den Mund gefallen sind, nicht die Schwaben. Habt Ihr denn noch nie etwas von einem sturen westfälischen Dickschädel gehört? So sind sie auch im Münsterland, das ist die Gegend, aus der meine Mutter eigentlich stammt. Aber unsere westfälische Familie ist eine Ausnahme! Da findet man keine sturen Leute! Die können nämlich reden! Alle! Besonders Lilli, die hat nun wirklich eine große Gosch, das könnt Ihr mir glauben, ganz gleich ob auf Lippisch, Westfälisch, Schriftdeutsch, Englisch oder Französisch! Aber sie redet trotzdem keinen in Grund und Boden! So! Damit Ihr es bloß wisst!« Worauf Hans erwiderte: »Doi große preußische Gosch genügt uns scho!« Was, also auch ich? Norddeutsch? Mit einer großen Gosch? Ich, angegriffen von meinen lieben Schwaben? Und meine lieben Schwaben, schwerfällig beim Sprechen? Den Norddeutschen unterlegen? Ich hatte immer geglaubt, die Schwaben sind lustig und aufgeschlossen, einfach von der Erinnerung an meine Kindheit her. So hatte ich doch die Bauernfamilien in meinem Dorf kennengelernt, meine Freundin Emma und die andern Kinder! Sie hatten immer viel und freundlich mit mir geschwätzt!

Jedoch, ich konnte reden, wie ich wollte, ich bekam Unrecht! Ich, die wortgewandte und gern diskutierende Westfälin, wurde von den schwerfälligen, wortkargen Schwaben total niedergeschwätzt. Und, schließlich schweigend, mit dem Makel einer großmäuligen Norddeutschen behaftet, fühlte ich mich, da auf dem kleinen Schemel, umgeben von diesen drei auf meinem Bett und dem einzigen Stuhl sitzenden Googen, fast so umzingelt wie damals auf dem westfälischen Schulhof.

So lief das also! Einmal war's der schwäbische Akzent, den ich hatte, der mich aus dem Kreis der neuen Mitschüler ausschloss, nun war's der schwäbische Dialekt, den ich nicht mehr sprach, der mich aus dem Kreis der Mitstudenten ausschloss. So als wäre ich nie in Schwaben gewesen!

Eigentlich hatte ich ihnen eine Kindheitserinnerung erzählen wollen, aber nun behielt ich sie lieber für mich, die Erinnerung an die Weiden und Ställe meines schwäbischen Dorfs mit ihren schönen Kühen. Diese sahen aus, wie meiner Vorstellung nach Kühe eben auszusehen haben, groß, kräftig, braun-weiß gescheckt. Die etwas kleineren, schwarz-weißen dagegen, die auf den Wiesen in Westfalen und Lippe weiden, schienen mir gar keine rechten Kühe zu sein. Schwarz-weiß! Die waren mir so fremd! Und so wurden sie mir regelrecht zu einem Bild für etwas Fremdes; manchmal, wenn mir etwas Unbekanntes begegnete, sagte ich in Gedanken: Fremd, wie eine schwarz-weiße Kuh!

Nachdem also Hans mit all seiner ihm zur Verfügung stehenden schwäbischen Wortgewandtheit versucht hatte, mich sozusagen aus dem Paradies der braun-weißen Kühe zu vertreiben, um mich auf die Erde der schwarz-weißen zu verbannen, fing er an, sich genau danach zu erkundigen, wann denn meine Schwester in ›Diebinge‹ ankommen werde. Was ich während des Abends von ihr erzählt hatte, hatte offensichtlich sein Interesse geweckt, große Gosch hin oder her.

»Woisch was, i komme mit dir zom Bahnhof oud hol se ab. Und i helf euch mit dene Koffern.« Was er denn auch tat. Er brachte meine Schwester in das Zimmer, das ich für sie gesucht hatte, half ihr beim Auspacken, verliebte sich in sie, und sie lernte rasch wieder schwäbisch. Später heirateten die beiden und bekamen vier schwäbische Kinder. Aber das ist eine andere Geschichte.

Vom Glanz ihrer Liebe fiel auch ein Schimmer auf mich, schließlich hätten sie sich ohne mich nicht kennengelernt. Nur meine Mutter fand nichts Glänzendes daran, denn Schwäbisch, das mochte sie nicht! Später kriselte es in ihrer Ehe. Der harte Schatten ihrer Auseinandersetzungen traf auch mich, schließlich war es meine Schuld, dass sie sich kennengelernt hatten!

Die letzte schwäbische Geschichte.

Nach dem Ende des Semesters verließ ich Lilli, ihren Freund Hans, die Stadt Tübingen und, was mir nun nicht mehr so schwerfiel, die Schwaben, um in Italien zu studieren. An meinem deutschen Akzent nahm dort niemand Anstoß, schließlich war ich ja eine Ausländerin; zudem schwächte sich der ab und verschwand schließlich fast ganz.

Meine Familie hielt es für selbstverständlich, dass ich die letzten Semester in Münster studierte, schön in der Nähe von zu Hause. Die Berufsaussichten waren gut; bald würde ich dort in der Gegend eine interessante Stelle finden. Heiraten sollte ich auch irgendwann, möglichst in Münster, Detmold oder Umgebung, auf keinen Fall aber - nach der Meinung meiner Mutter - einen Schwaben, denn ihr gefiel deren Sprache überhaupt nicht. »Meine Enkelkinder Schwaben! Schrecklich!« Dass ich bereits einen Schwob in die Familie gebracht hatte, war für sie schlimm genug!

Ich aber disponierte anders. Sehr innig liebte ich meine Familie, das Haus mit dem großen Garten und den alten Bäumen, die Stadt Detmold und deren Umgebung - trotzdem, ich konnte mir nicht vorstellen, mich in dieser Gegend, wo ich die Schulzeit verbracht hatte, niederzulassen. Im Grunde wollte ich mich nirgendwo niederlassen. Die Vorstellung, eines Tages immer an demselben Ort zu leben, versetzte mich in Schrecken. Aber wenn das so sein musste, dann eben in Schwaben.

So teilte ich eines Tages meiner Familie kurz und bündig mit, dass ich mein Examen in Tübingen ablegen wollte. Und das tat ich auch.

Die praktische Ausbildung sowie die ersten selbständigen Arbeiten im Beruf verlangten weitere Ortswechsel, die mir sehr entsprachen, nur durften sie mich nicht allzuweit von Tübingen entfernen.

Warum nicht? Eine Liebesgeschichte? Nein, oder eigentlich doch, es war eine Liebesgeschichte, aber anders, als man so denkt. Ich hatte mich nämlich völlig in die Kinder meiner inzwischen verheirateten Schwester verliebt! So oft es eben möglich war, fuhr ich nach Tübingen, um mit ihnen zusammen zu sein. Mit mir schwätzten sie schwäbisch, mit ihrer Großmutter, wenn sie sie besuchte, aber sprachen sie Hochdeutsch, oder das, was sie dafür hielten.

Und dann fand ich meinen Traumberuf! Nicht ganz meinem Studium entsprechend, dafür um so interessanter, einen Beruf, der mich mit Menschen aus vielen Nationen, Ländern und allen Kontinenten in Verbindung brachte. Aber wo! In Köln, also in ›Norddeutschland‹!

Lange hatte ich mit mir gekämpft. Schließlich entschied ich mich gegen die Kinder, gegen Lilli, für den Beruf.

Ich brach meine Zelte ab, fuhr einige Tage nach Tübingen, ging am Morgen meiner Abreise, sehr früh, zu den noch schlummernden Kindern, von denen ich mich nicht trennen mochte, und wurde von bitterem Abschiedschmerz überfallen, so als ob ich sie nie wiedersehen sollte! Die Tränen stürzten hervor. Ich lief schluchzend hinaus in die Dunkelheit, setzte mich ins Auto, fuhr ab. Es goss in Strömen, der

Himmel schien meinen Tränen Konkurrenz zu machen. Auf der Autobahn landete ich an einer falschen Abzweigung, sah ein, dass ich nicht beides machen konnte, weinen und fahren, stellte den Wagen auf dem nächsten Rastplatz ab, ließ meinen Kopf auf die über dem Lenkrad verschränkten Arme fallen und schluchzte. Wieder einmal verließ ich alles! Freiwillig ging ich nach ›Norddeutschland‹ und dazu noch in eine Großstadt! Ich, in eine Großstadt! Fern jeglicher Natur! Da gehörte ich wirklich nicht hin! Überhaupt, wo gehöre ich denn hin?

Als ich keine Tränen mehr hatte, fuhr ich weiter, kam in Köln an, richtete mich in der inmitten vieler Häuser liegenden Wohnung ein, die mir jemand gesucht hatte, und schaute sehnsuchtsvoll auf den winzigen Ausschnitt blauen Himmels, der an sonnigen Tagen zu erkennen war. Nein, da kann ich es nicht aushalten! Wieder ein Umzug, an den Stadtrand; schön dort waren die Gärten und in nicht allzu weiter Entfernung, leicht zu erreichen mit dem Fahrrad, auf dem flachen Land, Wiesen mit Kühen, schwarz-weiß. In der andern Richtung, ganz nah, die Autobahn, deren Lärm mich einerseits sehr quälte (meine Versuche, mir vorzustellen, ich hörte das Rauschen eines Wasserfalls, fruchteten wenig), deren Lage mich andererseits sehr freute: der Weg gen Süden lag nun fast vor meiner Haustür.

Häufig am Montagmorgen, wenn die wöchentliche Dienstbesprechung stattfand, hatte ich bereits eine Autofahrt von Tübingen nach Köln hinter mir. Manchmal kam ich auch zu spät. Als ich einmal, nach der Rückkehr, noch in Gedanken an die Kinder und ihre Frage: »Wann kommst du wieder?« aus Versehen sagte: »Hier in Norddeutschland« erhielt ich den Verweis: »Wir sind hier doch nicht in Norddeutschland!« Das darauffolgende: »Sind Sie jeck?« war dann aber doch freundlich gemeint.

Lange brauchte ich nicht in dieser „norddeutschen“ Großstadt zu bleiben, denn, siehe da, eine ähnliche Stelle, die nur auf mich wartete, gab es auch in Tübingen.

Geheiratet habe ich auch noch - gern würde ich sagen, meinen Traummann, wenn dieses Wort nicht so abgegriffen wäre - nicht in Münster, nicht in Detmold, nicht in Köln, sondern in dem Dorf bei Tübingen, in dem wir heute noch wohnen, keinen Schwaben, keinen Lipper, sondern einen Westfalen, der den leichten Akzent seiner Heimat bewahrt hat. So sage ich lieber: Geheiratet habe ich den Mann meiner Träume. Der Ausdruck ist allerdings auch abgegriffen, passt aber genau, denn im zarten Alter von acht Jahren hatte ich mich bereits in ihn verliebt! Wieviel Zeit also hatte ich, von ihm zu träumen! Damals aber interessierte er sich überhaupt nicht für mich und vom Heiraten war erst recht nicht die Rede! Zwar behauptet er jetzt manchmal, ich sei ihm durchaus als entzückendes Mädchen aufgefallen. Das höre ich sehr gern, doch ich weiß genau, dass es nicht stimmt. Es kommt halt vor, dass wir in der Rückschau die Vergangenheit anders sehen! Das ist eine andere Geschichte, die ich aber nicht mehr erzählen werde.

Wir leben nicht in der Neubausiedlung, in welcher die andern Zugereisten ihre Wohnungen haben, sondern mitten unter den Altbürgern, wo die Bauernhöfe liegen.

Dort habe ich manches gelernt, auch wie es sich mit dem Grüßen verhält. Zunächst nämlich, in dem Dorf, grüßte ich die Leute, die mir unbekannt waren, nicht. Ich muss zugeben, wenn ich auf dem Weg nach Tübingen war, meist mit dem Fahrrad, befand ich mich in Gedanken mehr bei den Menschen aus den vielen Nationen, Ländern und allen Kontinenten als bei denen meiner unmittelbaren Umgebung. Zudem konnte ich mir nicht vorstellen, dass sie auf das »Grüß Gott« einer Neubürgerin Wert legten. Aber im Gegenteil, mit diesem Fremdeln erregte ich großes Missfallen! Eine Frau hat‘s mir einmal gesagt, ziemlich heftig. Gut, so grüßte ich, gern und alle. Die Frauen antworteten, sehr freundlich, die meisten Männer nicht. Entweder reagierten sie überhaupt nicht, schauten zur Seite oder sehr erstaunt drein. Ich weiß, das tut man natürlich nicht, als Frau zuerst einen Mann grüßen! Aber warum eigentlich nicht? Ich wollte auch die Männer kennenlernen und von ihnen gekannt sein!

Inzwischen sind wir mit fast allen Leuten gut vertraut und haben viele Freunde. Nun grüßen auch die Männer, als erste, wie sich das so gehört, und manche winken mir sogar von der Höhe ihres Traktors aus zu. Dann bin ich ganz stolz!

Wir werden jetzt auch von alt eingesessenen Dorfbewohnern eingeladen, und sie sind unsere Gäste. Jedoch, Zugereiste sind und bleiben wir, und als solche gelten wir.

Auf den Weiden, direkt vor unserer Wohnung, grasen Kühe, die, falls es nicht gerade Angusrinder sind, braun-weiß gescheckt, groß und kräftig sind.

Als wäre ich nie in Paris gewesen.

Liebe Schwester,

bestimmt geht es Dir gut in Paris!
Was hast Du gemacht, seitdem Du mich zum Bahnhof gebracht hast? Geht Ihr heute Abend wieder ins Theater? Denkt dabei an mich, ich würde so gern mit Euch gehen. Auch in die Oper, oder mich mit Dir und Guy und Jean-Jaques treffen oder durch Paris laufen oder in einem Café sitzen oder einen croissant auf der Straße essen…

Es ist unvorstellbar, wie schnell die Monate in Paris vorbeigegangen sind! Heute Morgen, das war ganz seltsam: ich saß in Papas Arbeitszimmer und habe ein bisschen Griechisch übersetzt. Und auf einmal war es genauso wie in meiner Schulzeit oder in den Ferien nach meinem ersten und zweiten Semester. Alles war gleich geblieben. Die ganze Umgebung, das Zimmer, Papa an seinem Schreibtisch, besonders ich selber: lieb und brav und fleißig über griechischen Texten brütend. Ich war plötzlich ganz erschreckt, als mir das bewusst wurde! Es ist so widersprüchlich! Ich weiß nicht, wie ich es ausdrücken soll. Einerseits hat sich hier gar nichts verändert, andererseits muss ich mir große Mühe geben, mich wieder einzufinden. Das fällt mir schwer, auch wenn ich in der Küche bin und Großmutter beim Spülen helfe oder wir uns etwas erzählen. Und damit bin ich so beschäftigt, dass alles, was ich in Paris gesehen und erlebt habe, ganz schnell versackt, ja, es ist so, als wäre ich nie in Paris gewesen. Als wäre ich nie von zuhause weggegangen.

Ich fühle mich wieder so wie das kleine Schulmädchen, das sich von seiner Großmutter verwöhnen läßt, das oft zu seinem Papa geht, um ihn wegen jeder Kleinigkeit zu fragen. Die Unabhängigkeit, die ich erworben habe, seitdem ich studiere, ist weg, völlig verschwunden, sie existiert einfach nicht mehr!

Und ich selber bin hier auch ganz anders als in Paris, obwohl ich doch erst vor wenigen Tagen zurückgekommen bin. Ich finde das schrecklich! Das Schlimmste jedoch ist, es gefällt mir schon wieder richtig gut hier, aber das ist gefährlich. Ich weiß, dass es gefährlich ist! Noch habe ich zwar das Bewusstsein dafür, dass ich vor kurzem anders gelebt habe, dass ich ein völlig anderer Mensch war, und noch gelingt es mir, diese beiden Personen zusammenzubekommen, weil ich so oft an mein Leben in Paris denke, aber, ›tu sais, je souffre de ces deux personnes qui sont si différentes‹, auf Deutsch klingt das so pathetisch. Und ich weiß, dass die Pariser Studentin bald wieder untergegangen sein wird, mit allem, was sie dort gedacht, gefühlt, erlebt hat. Und dass das kleine Schulmädchen bleibt. Noch tut diesem Mädchen das Kleinerwerden weh, aber schon bald wird es die Schmerzen vergessen haben, und es wird sich wieder wohlfühlen und gar nicht mehr wissen, dass es überhaupt einmal eine Studentin in Paris gab, die selbständig und erwachsen gelebt hat und froh dabei war.

Und dann, in einem Monat, wenn ich zurück auf die Uni gehe, wird es mir schwerfallen, meine Selbstständigkeit wiederzufinden und das kleine Mädchen loszuwerden, so wie zu Beginn meines Studiums oder in den ersten Tagen in Paris.

Ähnliches habe ich natürlich auch schon früher gespürt, wenn ich fortgewesen war und zurückkam, aber nicht so richtig bewusst. Jetzt auf einmal ist es mir ganz klar geworden. Verstehst Du ungefähr, was ich ausdrücken möchte?

Vielleicht kann ich damit auch etwas anderes erklären. Du weißt ja selber nur zu gut, wie unmöglich ich mich hier zu Hause oft Dir gegenüber verhielt. Kaum aber waren wir beide woanders, in den Ferien oder an der Uni in meinem ersten Semester und jetzt natürlich in Paris, haben wir uns gut verstanden, und ich war nie, oder fast nie, unfreundlich zu Dir. Alles fing jedoch wieder an, wenn wir zusammen hier waren. Warum, das wusste ich selber nicht, das war halt so - und ich fürchte, es wird auch wieder so sein, obwohl ich es natürlich nicht will. Nun ist mir klar, woher das kommt. Ich mag Dich nur richtig gern, wenn ich Studentin bin, ich meine, nur als Erwachsene kann ich mich mit Dir verstehen. Aber kaum falle ich hier in meine Kinderrolle zurück, reagiere ich auch wie das kleine Mädchen von damals, das Dich nicht ertragen kann. Und alles, was wir kurz vorher zusammen erlebt haben, ist ausgelöscht. Weißt Du noch, dass ich nach meinem ersten Semester sogar noch schlimmer zu Dir war als früher? So als könnte das kleine Mädchen es nicht akzeptieren, dass Du, die mich als Erwachsene kennengelernt hat, mit ansiehst, wie ich hier wieder klein werde. Ja, und vor allem deswegen, weil Du hier zu Hause mit zur Familie gehörst, die stärker ist als ich, gegen die ich mich wehren muss.

Es stört mich sehr, dass ich hier kein eigenes Zimmer habe. Meistens bin ich in Papas Arbeitszimmer oder im Wohnzimmer, so wie früher. Auch wenn ich dort oft allein bin: es gehört mir nicht, es ist nicht meine eigene Umgebung. In diesen Zimmern kann ich überhaupt nicht so sein, wie ich sein will, ich werde überall von der Atmosphäre der Familie eingefangen, ich kann mich von dem Einfluss nicht freimachen. Vor allem nicht in Papas Zimmer. Ich weiß auch gar nicht, wo ich meine Sachen hintun soll, die jetzt überall im Haus verstreut sind. Aber ich will sie um mich herum aufbauen. Und die Postkarten von meinen Lieblingsplätzen in Paris aufhängen. Und den Stadtplan natürlich.

Ich habe Dir nun gar nichts von meinem Knie geschrieben. Im Augenblick habe ich keine Lust dazu. Auf jeden Fall ist es ziemlich schlimm, und ich habe Angst. Aber wenigstens stört es mich hier nicht, dass ich jetzt so brave Schuhe tragen muß! Sobald wir etwas beschlossen haben, schreibe ich es Dir.

Du brauchst mir nicht zu antworten. Ich weiß ja, dass Du nicht viel Zeit hast in Paris. Macht es Euch ganz schön dort! Bitte denk manchmal an mich, damit wenigstens ein ganz kleines bisschen von meinem Leben in Paris bleibt, denn von mir selber löst es sich ab. Es entgleitet mir, auch wenn ich es nicht will: jetzt bin ich wieder so weit wie zu Beginn meines

Briefes, und ich könnte von vorn anfangen! Ach, hoffentlich bleibt trotzdem noch ein bisschen von Paris in mir stecken, ganz tief drinnen, auch wenn ich nichts davon merke! Und hoffentlich verschlingt mich die ›ambiance‹ dieses Hauses nicht wieder völlig!

Viele, viele gute Wünsche für Deine letzten Monate in Paris!

Deine ›kleine‹ Schwester

Der Ring.

Was soll er nun mit seinen Schmerzen machen? Hier allein in der Wohnung? Diese Schmerzen hatte er schon des öfteren in den letzten Wochen gespürt, aber nur für kurze Zeit und weniger heftig. Ganz ruhig sitzenbleiben - es wird bald vorbei sein. Vor wenigen Tagen war er einige Augenblicke auf dem Flur der Universität stehengeblieben, hatte sich an einen Türrahmen gelehnt, kaum geatmet und war ganz langsam und steif in sein Assistentenzimmer gegangen. Es war gleich besser geworden. Heute hatte der Schmerz vor etwa vier Stunden eingesetzt, kurz nach 9.00 Uhr, bei der Besprechung mit Professor Holdenkamp und den beiden anderen Assistenten, zunächst nur auf der Seite, in der Höhe des Herzens, dann zog er sich nach oben und zugleich in die entgegengesetzte Richtung, zur Lunge hin, die Atmung behindernd, ein Ring, der sich um sein Herz schloss und fast jede Bewegung der linken Körperhälfte unmöglich machte. Sehr heftig, wie ein Krampf. Bei seinen knappen Antworten in der Besprechung hatte er nur die Gesichtsmuskeln bewegt, den Rest des Körpers stellte er ab. Wenn der Schmerz nicht bald verging, könnte er, so starr dasitzend, ihn nicht mehr lange vor seinen Kollegen verbergen. Flach atmen, nicht bewegen. Professor Holdenkamp sagte: »Die methodischen Voraussetzungen sind soweit geklärt; das ist eine Leistung, auf die Sie alle stolz sein können. Jetzt wird es um die Prüfung der Frage gehen, ob der hier eingeschlagene Weg«, er wies auf die vor ihm liegenden Versuchsprotokolle, »zur Lösung unseres Problems der richtige ist.«

Immer mehr vereinnahmte der Krampf sein Herz. Wie kann er hier herauskommen, ohne dass die anderen etwas merken? Jetzt, sie stehen auf, um sich über das Blatt Papier auf dem Schreibtisch zu beugen, auf dem die Versuchsergebnisse notiert waren. Den Augenblick muss er nutzen! Er zog sich mit dem rechten Arm am Schrank hoch, den linken ließ er hinunterhängen und stakste hinaus. Vor der Tür ruhte er sich einen Augenblick aus. Langsam, sich an die Wand stützend, ging er in sein Arbeitszimmer, leise stöhnend, der Schmerz stach immer mehr in sein Herz. Die Tür zumachen, den Schlüssel herumdrehen, hinsetzen, langsam, auf das Regal neben der Tür, der Stuhl ist zu niedrig und zu weit entfernt. Entspannen, tief atmen, nein, das ist nicht möglich, nur kurz Luft holen, nicht bewegen.

Sein Vater war vor einigen Monaten an einem Herzinfarkt gestorben. Wenn früh genug ein Arzt dagewesen wäre, hätte man ihn vielleicht retten können.

Es klopfte, noch heftiger werden die Schmerzen bei der kleinen unwillkürlichen Bewegung zur Tür hin.
Während er sich nach etwa fünfzehn Minuten an seinen Schreibtisch setzte, packte der Krampf direkt den Herzmuskel. Er wartete ein paar Minuten, nahm mit der rechten Hand den Telephonhörer, legte ihn auf die Schreibtischplatte, um die Nummer einzugeben, er brauchte einige Augenblicke, bis er sprechen konnte: »Ein Taxi bitte, sofort, zum Forstwissenschaftlichen Institut.«

Dann hatte er es bis zum Ausgang geschafft, ohne einen Kollegen oder Studenten zu treffen, die wenigen Stufen hinab mit um das Geländer gekrampften Fingern. Sollte er sich jetzt zum Arzt fahren lassen? Nein, zuerst nach Hause.

Hier hatte er sich auf den hochgeschraubten Stuhl vor seinen Computer gesetzt. Und nun? Kündigt sich so ein Herzinfarkt an? Es war wie ein Muskelkrampf gewesen, der gar nichts mit dem Herzen zu tun gehabt hatte, ein Ring, der sich um sein Herz legte. Erst nach und nach hatte der Krampf das Herz selbst gepackt. Jetzt schmerzt die ganze linke Brusthälfte, er weiß nicht, wo der Schmerz am stärksten ist.

Soll er einen Arzt anrufen? Wird die Entscheidung, die er trifft, vielleicht eine Entscheidung über Leben und Tod sein? Wird er jetzt sterben - oder ist er ein Hypochonder, der bei einem kleinen Krampf gleich nach einem Arzt schreit? Er muss nur ruhig sitzenbleiben, der Schmerz wird bald verschwinden, wie ein Spuk.

Das Foto vor ihm, ist es nun bedrückend oder ermutigend, diese Bäume im Nebel, die düster sind und zugleich beleuchtet, oben an den Kronen, von dem Licht, das den Nebel durchdringt? Auf dieses Bild war sein Blick immer gefallen, wenn ihn abends die Angst packte, diese entsetzliche, lächerliche, übertriebene Angst, mit der er nichts zu tun haben wollte, die er verachtete.

Eine gewisse Nervosität bei der Vorbereitung des Kongresses, der vor zwei Monaten stattgefunden hatte, wäre verständlich gewesen, die hätte er akzeptieren können, aber nicht diese große Angst, schon Wochen vorher. Professor Holdenkamp, verantwortlich für den Kongress über die Gefährdung des Waldes, hatte ihn zu einem beträchtlichen Teil an den organisatorischen Vorbereitungen beteiligt, außerdem würde er, gleich am ersten Tag, in einem Referat seine Ergebnisse darlegen und auch an einer Podiumsdiskussion teilnehmen, die im Fernsehen übertragen werden sollte. Er war tagsüber, meist auch noch abends, intensiv beschäftigt, bereitete sein Referat über neue biometrische Messverfahren vor, befasste sich mit den vielfältigen organisatorischen Fragen - und hatte spät abends, wenn er seine Arbeit beendete, Angst. Übertriebene Angst. Starrte auf die düsteren Bäume seines Fotos. Er würde vor den Kapazitäten seines Fachs sprechen müssen, er würde von seinen Kollegen genau beobachtet werden, er müsste auf dem Podium sitzen, ruhig, als mache es ihn nicht nervös, von den Kameras aufgenommen zu werden. Aufregend, ja, aber kein Grund für eine solch hemmungslose Angst! Sein Verstand weiß: der Vortrag ist gut, die Thesen für das Podium sind überzeugend, - aber die Angst ist stärker. Und sie bringt all seine früheren Ängste vor Referaten, Prüfungen, öffentlichem Auftreten mit sich, hält sie sozusagen an der Hand; die Ängste tanzen um ihn herum, sie löschen seine Intelligenz, sein Wissen, seine Erfolge aus. Und sie packen sein Herz und bringen es zum Rasen.

Während tagsüber bei der Arbeit sein Verstand, begleitet von seinen Leistungen, stets den Sieg davontrug, hatte abends und nachts die Angst ihren großen Auftritt und wischte den Verstand zur Seite. Die Angst verwandelte ihn in einen unfähigen Menschen, der in vier Wochen, in einer Woche, in wenigen Tagen, vor das Publikum treten muß, bestehend aus einem heftig klopfenden Herzen, das ihn daran hindern wird, ein einziges Wort herauszubringen. Und die Angst übte, jeden Abend, mit seinem Herzen, damit es ein noch besserer Meister werde in rasendem Klopfen.

Sein Verstand im Kampf mit der Angst erzeugte in ihm Zorn, Zorn darüber, so hilflos der Angst ausgesetzt zu sein. Eines Abends, sehr spät, vor dem Bild mit den Bäumen in dem dunklen Nebel, war der Zorn der Angst ebenbürtig. Sein Zorn ließ ihn mit den Fäusten auf den Schreibtisch schlagen: ich will diese lächerliche Angst nicht! Ich will sie nicht mehr ertragen! Nachts das von Herzklopfen und Angst geschüttelte Nichts und tagsüber so sicher und selbstbewusst! Und er presste die Muskeln, die sein klopfendes Herz umgaben, zusammen. „Du lächerliche Angst, laß mein Herz in Ruhe, hör auf, es zum Rasen zu bringen. Mein Herz wird nicht deine Beute sein. Leg dich, wenn du nicht verschwinden kannst, wie ein Ring um mein Herz, aber bleib draußen, bleib draußen!“

Immer wieder presste er die Muskeln zusammen, er wiederholte die

Bewegung, wie ein Sportler übte er sie, und - die Angst machte Halt vor seinem Herzen, es fühlte sich geschützt und fing an, ruhig zu schlagen. Am nächsten Abend trainierte er wieder, am dritten gelang es ihm ganz schnell, den Ring um sein Herz zu schmieden. Und wenn die Angst sich wieder erheben wollte, presste er sie in den Ring um sein Herz herum, das ruhig blieb.

Seine Methode bewährte sich auch beim Kongress: ohne jegliche Angst hielt er den Vortrag, er sprach rhetorisch geschickt, engagiert, überzeugend, als habe er in seinem ganzen Leben nie etwas anderes getan, als vor illustren Leuten Reden zu halten. So auch in der Podiumsdiskussion, in der er schlagfertig reagierte und überlegen seine Meinung vertrat.

Seine Forschungsergebnisse fanden große Anerkennung, doch vermisste er bewundernde Bemerkungen über die Art, wie er sie vorgetragen hatte, ohne Angst: denn er weiß, das war seine eigentliche Leistung bei diesem Kongress.

Aber er hatte nicht viel Zeit gehabt, das Fehlen solcher Komplimente zu bedauern, noch sich darüber zu freuen, die Angst nicht mehr allabendlich in den Ring bannen zu müssen. Denn nun holte er die Arbeit nach, die liegengeblieben war. Es ging gleich weiter, ohne Atempause, ohne Entspannung.

Erst jetzt, zwei Monate später, war er dazu gekommen, einigen Kollegen die Kopie seines Referates zu schicken, mit, je nach Adressat, formalen oder persönlichen Begleitschreiben. Seinem inzwischen emeritierten Doktorvater hatte er einen etwas ausführlicheren Brief geschrieben und darin auch erwähnt, wie angsterregend für ihn die Vorbereitung gewesen war, dies aber distanziert, fast im Plauderton, denn nun war ja alles vorbei. Den Brief hatte er am Vortag geschrieben und dann auch gleich abgeschickt. Er wollte alles erledigt haben.

Das Foto vor ihm, die Bäume, dunkel im Nebel, die Kronen beleuchtet von dem nebligen Schein der fernen Sonne - ist es nun ein Bild der Düsterkeit oder ein Bild des Lichts? Der Schmerz, die Bäume im dunklen Nebel, nicht atmen, nicht bewegen, der Krampf, die Angst wie ein Ring um sein Herz, die Angst, der Krampf, die Bäume im düsteren Nebel; sein Herz klopft rasend schnell, er wird von Angst gepackt, er presst sie unwillkürlich fort von seinem Herzen, er legt sie um sein Herz herum, er will es schützen, hält die Luft an, spannt die Muskeln in der linken Brust, er muß die Angst fernhalten von seinem Herzen, blokkiert das Luftholen, er keucht stöhnend, der Krampf wird unerträglicher noch als in den letzten Stunden, die Angst, der Ring und - er kann wieder atmen, er lebt, er spürt, der Krampf löst sich, er steht auf, bedarf keines Festhaltens mehr, er macht einige Schritte, hebt den linken Arm, atmet wieder ein und aus, das Herz ist frei, nur noch ein ganz leichter Ring umgibt es, kaum spürbar. Er starrt auf die lichten Bäume im Nebel.

Er geht durch seine Wohnung, atmet bewusst, bewegt den Oberkörper, Schmerzen sind kaum noch zu spüren. Es ist wie ein Wunder. Sollte er zwei Monate lang mit diesem Ring um sein Herz gelebt haben? Nicht mit einem Ring von Angst, doch mit dem Ring verkrampfter Muskeln, zwei Monate lang?
Und nun, ist der Ring gesprengt? Ist er befreit von dem Krampf um sein Herz, befreit von der Frage, ob er sterben muss, befreit von seiner Entscheidung über Leben und Tod? Und befreit von der Angst, beim nächsten Mal, wenn er wieder in der Öffentlichkeit auftreten muss?

Würde das, was er erlebt hatte, in einem psychologischen Lehrbuch vielleicht so beschrieben? »Bei der Auseinandersetzung mit seiner Angst steigerte sie sich bis zu einem Höhepunkt. Dieses nochmalige Durchleben seiner Angstgefühle bewirkte deren endgültige Auflösung.« Endgültig? Das wäre zu schön! Bei seinem nächsten Vortrag wird er von neuem Angst haben. Ein gewisses Quantum Angst will er sich zugestehen, aber Angst in der Intensität? Wie auch immer, er wird sich eine andere Methode zur Überwindung seiner Angst überlegen müssen!

Und es stimmte auch sonst nicht: er war seiner Angst gestern noch einmal kurz begegnet, aber auseinandergesetzt hatte er sich nicht mit ihr. Diese Arbeit hatte er bereits vor dem Kongress zu leisten gesucht und auch bei anderen Gelegenheiten, bei denen er von seiner Angst verfolgt war, ohne sie dadurch auch nur um einen einzigen Grad verringern zu können. Auch mit den Gründen für seine Angst hatte er sich auseinandergesetzt, er kennt sie sehr gut, seit langem. In seinem psychologischen Lehrbuch könnte also auch nicht stehen: »Das Durchschauen der Gründe für seine Angstgefühle bewirkte deren Auflösung.«

Mit seinem fingierten psychologischen Werk kommt er nicht weiter. Aber er braucht ja seinen Fall heute nicht abschließend zu lösen und erst recht kein Lehrbuch zu verfassen. Eher soll er sich klarmachen, dass nun ein Anruf in seinem Institut fällig ist. Er müsste wohl sein plötzliches Verschwinden aus dieser Besprechung einigermaßen plausibel machen und sein Erscheinen ankündigen, dies allerdings erst für den morgigen Tag.

»Es war wie mit einem Mann, der auf Reisen ging: Er rief seine Diener und vertraute ihnen sein Vermögen an. Dem einen gab er fünf Talente, dem andern zwei, wieder einem andern eines, jedem nach seinen Fähigkeiten. Dann reiste er ab. Sofort begann der Diener, der fünf Talente erhalten hatte, mit ihnen zu wirtschaften, und er gewann noch fünf dazu. Ebenso gewann der, der zwei erhalten hatte, noch zwei dazu. Der aber, der das eine Talent erhalten hatte, ging und grub ein Loch in die Erde und versteckte das Geld seines Herrn.« (Matthäus, 25, 14-18)

»Jeder Mensch ist ein Bündel verschiedener, oft sehr unterschiedlicher und manchmal widersprüchlicher Rollen, Eigenschaften und Fähigkeiten. Wir besitzen viele Subidentitäten, die von einem Kernselbst integriert ,koordiniert und optimal eingesetzt werden. Das Kernselbst sorgt für Kohärenz...« (Heiko Ernst in Psychologie heute, Dez. 1999, S.26)

Die Berufskleidung der Elissa S.

Montag

Die Garderobe für diesen Tag?

Sie geht vorbei an dem Schrank, der die Kleidung ihres Privat- und Familienlebens enthält; sie hatte ihn gestern Abend bereits geschlossen. Sie braucht heute die Kleidung der Überlegenheit, dazu ein Stück Durchsetzungskraft und Überzeugungsfähigkeit. Elissa findet diese

Kleidungsstücke rasch in diesem Schrank; sie trägt sie ziemlich häufig, auch das des Engagements. Letzteres gehört zu ihrer täglichen Gewandung und braucht nicht eigens erwähnt zu werden. Dazu fügt sie ein wenig Bluff und Show. Fehlt noch die Arroganz, nicht viel, nur ein Hauch. Sie braucht eine gewisse Zeit, bis sie sie aus ihrem Schrank hervorgeholt hat. So, ob sie nun für die heutige Besprechung mit den Geldgebern, bei denen sie etliches für ihr Institut erreichen will, wohl gerüstet ist? Prüfend schaut sie in den Spiegel: Die Kleidung steht ihr gut. Und sie trägt sie gern, wenn sie auch nicht so bequem ist.
Doch halt, beinahe hätte sie ihre Kompromissbereitschaft vergessen. Sie kehrt um und, etwas unwillig, wirft sie sie noch über.

Dienstag
Heute stehen vor allem Verwaltungsarbeiten auf Elissas Programm. Sie zieht zunächst ihr Organisationstalent an, kombiniert mit systematischem Denken. Sie wird auch ihre Exaktheit tragen müssen oder, exakter gesagt, ihre Kleinlichkeit, dies nicht etwa, weil sie meinte, ihre heutige Arbeit müsse grundsätzlich mit Kleinlichkeit erledigt werden; sie weiß, dass andere Leute da großzügiger verfahren, aber, so wie sie nun einmal veranlagt ist, kann sie es nicht ohne diese schaffen. Also bleibt ihr nichts anderes übrig, als das etwas unschöne Stück anzuziehen. Der Überblick, natürlich, da liegt er noch; er gehört schließlich zu den viel getragenen Stücken.
Sie findet, dass sie heute weniger interessant aussieht, als sie es gestern getan hatte!

Mittwoch
Die Garderobe für die wichtigste Aufgabe dieses Tages existiert nicht in Elissas Schrank. Die Kleidung der Vernunft freilich, die ist gleich in mehreren Exemplaren vorhanden; auch das Kleid der Unnachgiebigkeit liegt vor, und das des konsequenten Handelns ist ohnehin griffbereit, aber Härte in der Konzentration, in der sie sie heute braucht, um zwei

Kündigungen auszusprechen, steht ihr nicht leicht zur Verfügung. So bleibt ihr nichts anderes übrig, als sich an die Truhe, die im Abstellraum steht, zu begeben, das schon längere Zeit nicht mehr benutzte Schloss zu öffnen, das Korsett der Härte herauszuholen und sich darin einzuschnüren. Den Deckel der Truhe läßt sie hochgeschlagen, denn noch heute Abend wird sie dieses Stück wieder einräumen.
Entstellt und beengt fühlt sie sich, und die Freundlichkeit, die sie sorgfältig darüberbreitet, kommt ihr durchsichtig vor.

Donnerstag
Wie gut, dass Elissas Schrank so geräumig ist! Denn ihr heutiges Programm, die Sprechstunde für ihre Institutsbesucher, verlangt eine vielseitige Garderobe. So wählt sie aus: Das Kleid des Einfühlungsvermögens, aber nur aus dünnem Stoff, zu viel davon ist nicht von Nutzen, die Fähigkeit zur Ermutigung, die Ausdauer des Zuhörenkönnens, Ideen zu den verschiedensten Überlegungen und Ratschlägen, für den Fall, dass solche von ihr erbeten werden, aber auch Abschirmkraft gegen Probleme, bei denen sie nichts bewirken kann. Und ihr Umschaltevermögen, damit sie in der Lage ist, sich rasch auf die vielen verschiedenen Leute einzustellen.
Elissas Gewandung heute ist vielschichtig! Werden ihr nicht trotzdem im Laufe des Tages noch einige Stücke fehlen?
Sie prüft sich im Spiegel: Diese Garderobe, an der sie zugleich schwer und leicht trägt, passt zu ihr!

Freitag
Zwar birgt Elissas Schrank durchaus die Kleidung, derer sie am heutigen Tag bedarf, in mehreren Ausführungen gar, zwar legt sie sie sorgfältig an und weiß auch, dass sie gut darin aussieht, aber sie interessiert sich nicht besonders für diese Garderobe.
Sie schaut auch nicht in den Spiegel, sondern begibt sich gleich in ihr Büro, wo die Erledigung verschiedener finanzieller Fragen ihrer harrt,

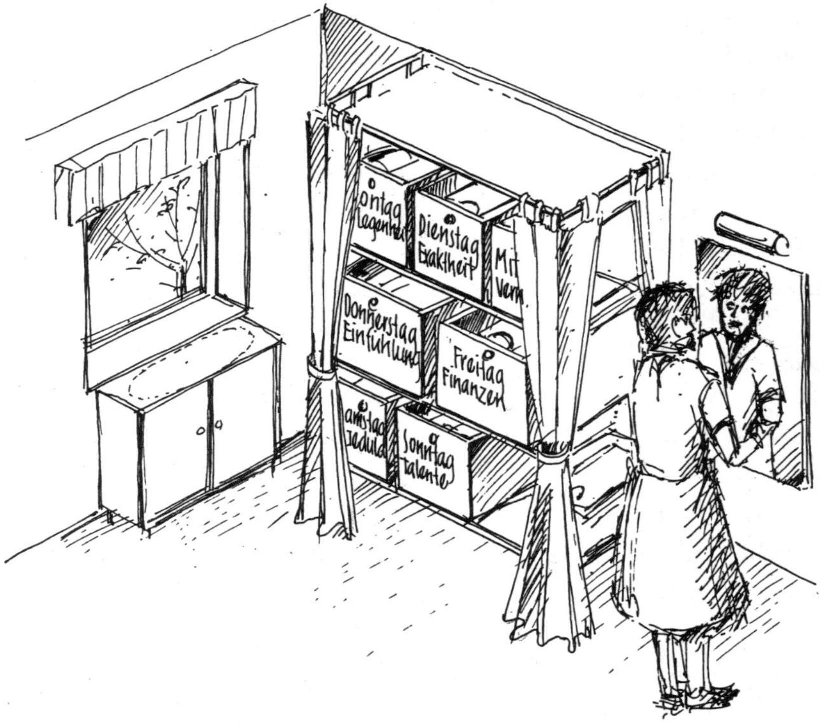

notwendig, aber zu den Bereichen ihres Berufs gehörend, die sie nicht besonders schätzt.
Wenn es ihr möglich ist, diese Arbeit rasch zu Ende zu bringen, wird sie sich ihres dunklen Finanzkostüms bald entledigen und das farbenfrohe Gewand ihrer guten Ideen anziehen, der Ideen, die ihr so leicht kommen und die sie überall dort einsetzt, wo kleinere oder größere Probleme auf ihre Lösung warten.

Am Samstag Morgen
wird sie dazu noch die Garderobe des Reflektierens hervorholen. So gekleidet, wird sie über verschiedene Aufgaben und Schwierigkeiten

nachdenken, Änderungen erwägen und Pläne machen. Was bedeutet, dass sie den Schrank ihrer Berufskleidung am Freitag Abend gar nicht schließt.

Vielleicht wird sie auch die Zeit finden, ihn einer genauen Inspektion zu unterziehen. Einige Kleider sollten erneuert werden, qualitativ bessere Stoffe sind vonnöten, zum Beispiel das Gewand der Geduld. Das ist sehr strapaziert! Die da noch hängenden Fähnchen, mit denen sie ihre Unsicherheit verhüllt hatte, sind Relikte vergangener Zeiten; sie können entfernt werden.

Unbedingt zu erwerben aber ist ein Mantel der Gelassenheit.

Mit dem, was sie in dieser Woche trägt, ist ihre Garderobe nicht ausgeschöpft. Ihr stehen noch Kleidungsstücke für weitere Aufgaben, die zu leisten sind, zur Verfügung. Sie hat gut vorgesorgt; und sollten andere Zeiten neue Forderungen an sie stellen, wird sie auch dafür Gewänder finden oder sich neue beschaffen. Doch halt, noch ist Freitag mit seinem vollen Programm, das es sorgfältig zu erledigen gilt.

Abends und am Wochenende

kleidet sie sich familiengemäß. Dafür wendet sie sich dem bereits erwähnten Schrank mit der Privatgarderobe zu. Dort findet sie Gewänder, welche die Talente für diesen Bereich ihres Lebens zur Geltung kommen lassen.

Bleibt noch zu erwähnen, dass sie an allen sieben Tagen der Woche ein wie angegossen sitzendes Untergewand trägt. Das der Besinnung auf sich selbst, auf Gott und die Welt.

Bin ich eine Mörderin?

Dabei war es ein so wunderbarer Tag, Anfang Februar, fast schon wie im Frühling. Ich ging nicht gleich nach Hause, nachdem ich in der Sparkasse gewesen war, sondern machte noch einen ziemlich langen Spaziergang, den Waldrand entlang. In der Sonne war es warm, die Haselbüsche fingen an zu stäuben. An meiner Tasche, die über der linken Schulter hing, der tibetanischen, aus besticktem Leder, die ich vor Jahren aus Nepal mitgebracht hatte, trug ich nicht schwer.

Ich musste langsamer gehen, als ich wollte, weil ich Schmerzen am Knie hatte, aber das nahm mir nicht die Freude an diesem schönen, friedlichen Tag. Ich schaute bald nach links in die Richtung des Dorfes, hinter dem sich die Berge erhoben, bald nach rechts, den Abhang hinab, wo der Bach, viel Wasser, Schmelzwasser von dem tauenden Schnee der Gipfel mit sich führend, zwischen den Büschen und Bäumen fleißig rauschte. Und war erstaunt, dass plötzlich ein junger Mann vor mir auftauchte, und noch mehr, als er sagte:

»Tasche her!«

»Da ist nichts drin, was Sie interessieren könnte!«

Seine Forderung klang unsicher, weshalb ich ihn nicht so ernst nahm.

»Tasche her!« brüllte er.

»Bitte sehr, wenn es unbedingt sein muss!«

Bevor er sie mir entreißen würde - schade, sie ist mir eine schöne Erinnerung, aber in meinem Alter sollte man nicht mehr so sehr an den Dingen hängen - griff ich hinein, um den Asthmaspray herauszunehmen, ohne den ich es schwerlich bis nach Hause schaffen würde.

Der Hausschlüssel befand sich glücklicherweise in meiner Hosentasche. Den übrigen Inhalt: die Abschnitte einiger Banküberweisungen - alles Spenden - den gering bestückten Geldbeutel und die zwei Joghurtbecher konnte ich gut verschmerzen. Ach so, ja, und das Handy, welches mir die Kinder geschenkt hatten, obwohl es mich gar nicht interessierte, befand sich zufällig auch noch in der Tasche. Ich benutze es selten, ein Zufall, dass ich es überhaupt dabei hatte.

»Halt, nichts rausnehmen! Die Tasche mit dem ganzen Inhalt will ich!« Er riss mit der linken Hand an dem übrigens sehr soliden Riemen, und da erst sah ich in seiner rechten das gezückte Messer. Das war wohl der klassische Fall! Ein Mann beobachtet eine Frau mit weißen Haaren, leicht gehbehindert, die die Sparkasse verlässt, wo sie gewiß ein erkleckliches Sümmchen abgehoben hat. Es mag sich wohl lohnen, ihr zu folgen und sich das Geld anzueignen! Reflexartig tat ich das, was

ich als elfjähriges Mädchen noch nicht hatte tun können, als ein anderer Schüler, ebenfalls mit einem Messer bewaffnet, den unteren Teil des Gesichts mit einem Tuch verhüllt, mir die Schultasche weggerissen und mich damit meiner ersten Eins beraubt hatte. Unzählige Male hatte ich damals in Gedanken durchgeprobt, wie ich mich hätte wehren können: Ich trat also einen heftigen Schritt vor, stieß mit dem linken Arm seine rechte Hand beiseite - er war so überrascht, dass er nicht reagierte - holte aus mit der anderen Hand, geballten Zorns voll, um ihm einen Faustschlag ins Zwerchfell zu geben. Da passierte das Unglück! Bevor ich ihn erreichte, taumelte er nach unten und meine Faust landete direkt auf seiner Schläfe. Er sackte zusammen und blieb liegen. Das Messer fiel aus seiner Hand, die sich leicht öffnete. Voller Grauen starrte ich herab auf ihn.

Was sollte ich bloß tun, um ihm zu helfen?

Das Handy! Das könnte jetzt dienlich sein! Ich zog die Tasche unter seinem Körper hervor und rief in der Praxis von Dr. Patrick an, der mich immer rettete, wenn das Asthma allzu schlimm wurde.

»Kann Herr Dr. Patrick kommen, bitte sofort? - Ich habe einen Mann, ich wollte sagen, hier am Hohrain liegt ein Mann bewusstlos auf dem Weg!« - »Ich werde es dem Doktor sagen. Er verabschiedet gerade seinen letzten Patienten.«

Während ich auf den Arzt wartete, breitete ich meine Jacke über den Räuber. Dann wird er weniger frieren, wenn er zu sich kommt.

»Der Mann ist nicht bewusstlos, er ist tot! Übrigens kenne ich ihn. Er war in meiner Praxis, schwer herzkrank. Ich hatte ihn an einen Spezialisten überwiesen.«
»Und mein Schlag auf die Schläfe?«

»Der hat ihn nicht getötet.«
»Rufen Sie bitte die Polizei!«
»Um seinen Überfall zu melden?«
»Nein, meinen Mord!«

Dr. Patrick nahm meine Jacke, die ich dem Toten, geliehen hatte, und legte sie mir über die Schultern. »Sie dürfen sich nicht erkälten.«

Entsetzt riss ich sie von mir. Nein, diese Jacke konnte ich nicht mehr ertragen. Er blickte mich verwundert an, ging dann zu seinem Auto, holte eine Wolldecke, die ich um mich wickelte.

Der strahlende Sonnentag war für mich dunkel geworden, als sei die Nacht hereingebrochen. Mörderin, ich bin eine Mörderin! »Nein,« sagte Dr. Patrick, als er den Polizisten einen kurzen Bericht erstattete. »Sie hat ihn nicht getötet.«

Ich selber brachte kein einziges Wort mehr heraus, doch konnte ich beobachten, wie einer der beiden Polizisten mit den Blicken meine nicht sehr kräftig gebaute Gestalt und meine schmalen Hände maß. Dann sagte er: »Das will ich Ihnen zunächst glauben, Herr Doktor! Eine Autopsie wird dann Klarheit schaffen.«

So verzichtete er auf genauere polizeiliche Untersuchungen und ließ zu, dass Dr. Patrick mich nach Hause fuhr, nachdem dieser dabei geholfen hatte, die zusammengekrümmte Leiche auf den Rücken zu legen. Teilnahmslos hockte ich in seinem Auto.

»Ist es nicht Zeit, Ihren Spray benutzen?«
»Nein, danke.«
»Einen Menschen mit einem Hieb auf die Schläfe zu töten, das ist schier unmöglich.«

Wir waren inzwischen angekommen.
»Schaffen Sie es jetzt allein?«
»Ja. danke.«
»Viele Grüße an Ihren Mann. Heute Abend schaue ich noch mal nach Ihnen.«

Die Jacke, die mir Dr. Patrick aus dem Auto herausreichte, fasste ich mit den Fingerspitzen, brachte sie in den Keller, ließ sie dort fallen. Langsam trat ich in die Wohnung. Sie war leer. Mein Mann war für ein paar Tage verreist. Ich wusch mir die Hände, ein erstes Mal, ein zweites Mal, ein drittes Mal. Ich ging zum Telephon, schaltete es auf AUS, stellte die Klingel ab, legte mich aufs Sofa, zog die Decke über den Kopf und schlief ein. Als ich wach wurde, blieb ich liegen und starrte in die Dämmerung. Mörderin! Ich bin eine Mörderin!

Erst als mir einfiel, dass Dr. Patrick noch einmal vorbeikommen wollte, stand ich auf, um die Klingel anzustellen. Irgendwann später läutete es. Völlig erschöpft kam Dr. Patrick herein.

»Die Praxis war heute so frequentiert wie schon lange nicht mehr, mit einigen Fällen, die schwer zu ertragen waren.«
Ach so, ja, andere Leute haben auch Probleme. »Haben Sie schon gegessen?« fragte ich ihn.
»Dazu hatte ich keine Zeit. Jetzt habe ich Hunger.«
Nachdem ich ihm etwas gebracht hatte, stellte er mir dieselbe Frage: »Und Sie, haben Sie etwas gegessen?“«
»Nein, daran habe ich nicht gedacht. Ich mag auch nichts.«
»Essen Sie trotzdem! Anschließend erzähle ich Ihnen von unserm Fall.«
Ich zuckte zusammen.
»Von meinem Kollegen, dem Herzspezialisten, erfuhr ich folgendes: Der junge Mann…«

Ich warf dazwischen: »den ich getötet habe,« was Dr. Patrick überging, »...sollte sich in der nächsten Woche einer Herzoperation unterziehen. Doch vor zwei Tagen ging er zu dem Arzt und bat ihn, die Operation aufzuschieben, womit dieser überhaupt nicht einverstanden war. Er gefährde sein Leben, wenn er noch lange damit warte. Wenn ihm irgendetwas begegne, was ihn sehr aufrege, sei das lebensbedrohlich für ihn! 0 nein, er werde sogar ohne Operation auskommen! Und etwas Aufregendes habe er in der Tat vor. Er werde ihm bald davon berichten!

»Nun, er selber konnte es nicht mehr tun; den Bericht habe dann ich dem Kollegen gegeben.«

»So hat er, um sich und dem Arzt zu beweisen, zu was er trotz seiner Herzkrankheit fähig ist, mich zu seinem Opfer gemacht. Und dabei ist er zu meinem Opfer geworden.«

Die medizinischen Untersuchungen bestätigten, was Dr. Patrick vermutet hatte: Tod durch Herzversagen. Ein Hämatom an der linken Schläfe sei zudem festgestellt worden, das von einem sehr heftig ausgeführten Schlag herrühren müsse.

Die Lokalzeitungen fanden den Fall interessant:

Mutige Mörderin - Sechzigjährige schlägt zu - Alte Haut wehrt sich ihrer Haut - Erst Herzschlag, dann Faustschlag.

Nach wenigen Tagen war der Tod des jungen Mannes für sie erledigt, nicht aber für mich. Die widersprüchlichsten Gedanken verfolgten mich: Wenn ich... hätte ich nicht... Aber er... Aber ich...

In den Keller, solange dort die Todesjacke lag, ging ich nicht mehr. Mein Mann hat sie beseitigt. Was er damit gemacht hat, weiß ich nicht. Den Spray habe ich nie mehr benutzt. Seit jenem Tag ist das Asthma verschwunden. Nicht aber meine Frage: Bin ich eine Mörderin?

Das Telephon.

Christine sitzt einfach da, glücklich, und schaut. Im Schatten des Ahorns, geschützt vor der Wärme der Nachmittagssonne.
Sie betrachtet die Landschaft, die sie täglich vor Augen hat. Und doch bewegt sie dieser Anblick heute besonders, denn nur selten ist einem Tag ein solcher Glanz von Schönheit geschenkt. Sie hat das Empfinden, als sei die Klarheit der ersten Schöpfungstage zurückgekehrt, eine Klarheit, deren Vergänglichkeit sie fürchtet. Staunend schaut sie auf das Grün der Wiesen und Bäume, das heute am ersten Sonnentag nach der langen Zeit des Regens so intensiv ist wie sonst selten im Sommer; sie betrachtet die hinauf- und herabfließende Linie des bewaldeten Bergrückens, der in den letzten Wochen in Nebel und Wolken versteckt gewesen war.
Christine war heute früher nach Hause gekehrt. Sie hatte es nicht mehr ertragen, am Schreibtisch zu sitzen. Diesen Sommernachmittag möchte sie zu dem ihren machen, sie möchte im Freien sein, die Sonne genießen, an ihren Sohn denken, der heute seine mündliche Prüfung ablegt. Peter wird sie hervorragend schaffen! Sorgen macht sie sich nicht um ihn. Und auf die Amseln horchen, die ihre Lieder in das Blau des Himmels schicken, triumphierend, als seien sie stolz auf das Licht dieses Tages. Das jähe Klingeln des Telephons tut ihr weh. Sie rührt sich nicht.
Das kann noch nicht Peter sein! Seine Prüfung beginnt doch erst jetzt. Wahrscheinlich denkt er ohnehin nicht daran, gleich nach seiner Prüfung anzurufen. Vielleicht ist es Tina? Aber so früh? Sie weiß ja, dass ihre Mutter um diese Zeit meist nicht zu Hause ist. Nun, sie hat jetzt andere Dinge im Kopf! Es mag ein Anruf sein, der sich hier auf der Terrasse erledigen lässt.

»Guten Tag, Christine! Hier ist Gabi. Ich hoffe, ich störe dich nicht. Habt ihr Lust, heute Abend auf ein Glas Wein zu uns zu kommen? Unser neuer Bücherschrank ist da. Wir haben das Wohnzimmer umgeräumt und sind gerade damit fertig. Ihr müsst es unbedingt bewundern. Morgen verreisen wir; wir wollen in die Alpen fahren. Die Kinder sind schon weg, jedes in eine andere Richtung. Birgit ist vorgestern nach...«

In die Alpen! Bisher hatte Christine es noch gar nicht bedauert, dass sie und Felix in diesem Jahr nicht verreisen konnten, auch nicht, als ihre Bekannten sich nach und nach verabschiedeten. ›Ach, wie sehr lockt es mich, in die Alpen zu fahren, auch gleich morgen, möglichst hoch hinauf, in die Nähe von Gletschern und Gipfeln mit ewigem Schnee, so dass ich die weißen Berge den ganzen Tag über sehen kann. Im Licht der Sonne, frühmorgens, wenn sie ihren goldenen Glanz verbreitet, später den weißen Firn hell erstrahlen lässt und am Abend den Bergen einen rötlichen Schimmer verleiht.‹

»Also kommt ihr? Sonst wird es ziemlich lange dauern, bis wir uns mal wieder treffen können.«

Darf Christine ihrer Freundin antworten, dass sie vorgehabt hatte, am Abend mit Felix einen Spaziergang ins nahe Wäldchen zu machen, wo die vielen Vögel den Untergang der Sonne mit ihren Liedern begleiten? Sie will sie noch einmal hören, bevor in wenigen Tagen ihre Zeit des Singens beendet ist.

»Ja, danke, Gabi. Ich komme bestimmt, Felix wahrscheinlich auch, ich werde ihn fragen.«

Wenn es hier in dieser Hügellandschaft so schön ist, wie wunderbar wird es in den Alpen sein! Ach nein, es müssen doch nicht immer Schneeberge sein! Gerade jetzt leuchtet der Hügel am Horizont hell in der Nachmittagssonne. Und im Hochgebirge gibt es keine Singvögel!

›Eigentlich erwartet Tina ziemlich viel; sie weiß schließlich, daß es mir keinen großen Spaß macht, für so viele Leute ein Fest vorzubereiten!‹

Eine Wanderung über den Aletschgletscher, das wäre jetzt herrlich! Oder ins Engadin zu fahren, in jenes hoch gelegene Berghotel mit dem Blick auf die Berninagruppe und auf die immer so verschieden beleuchteten Seen tief unten im Tal.

»Hallo, Mama, ich hab schon mal angerufen, aber da war das Telephon besetzt! Hast du meinen Brief heute bekommen? Besorgst du mir bitte all die Sachen? Das ist so lieb!«

Die Terrasse ist wohl nicht der geeignete Ort für das Gespräch mit Tina. ›Vom Zimmer aus höre ich die Amsel auch, und der Blick nach draußen ist wunderschön. Die Sonne scheint auf die violetten Petunien, die am

Rand der Terrasse wachsen, und leuchtet durch die Blätter des Ahorns, ganz zart sehen die diesjährigen hellgrünen Triebe aus.

»Aber ich habe etwas vergessen. Kaufst du bitte noch ein paar Kiwis, Mandarinenscheibchen und gefüllte Oliven? Weißt du, die brauche ich zum Verzieren. Es tut mir so leid, dass Thomas und ich erst am Samstag Morgen kommen, aber ich kann einfach nicht früher weg. Dafür bleiben wir aber ein paar Tage länger. Wir fangen dann gleich mit der Vorbereitung an, das schaffen wir bestimmt.«
»Ja, gut. Die Rezepte in deinem Brief sind sehr hübsch und apart, doch ich fürchte, mehr als eine Vorspeise ist das nicht.«
»Meinst du? Aber du wolltest mir doch helfen!«
»Natürlich, Tina, das tue ich ja auch. Nur hattest du gesagt, ihr kämet

schon am Donnerstag, so dass wir alles überlegen können.«
»Es geht aber wirklich nicht anders!«
»Und wenn dir nicht gefällt, was ich zum Essen richte? Weißt du übrigens inzwischen, wie viele Gäste kommen?«
»Mindestens fünfundzwanzig, vielleicht auch dreißig. Und einige werden ja auch bei uns übernachten. Also denkst du bitte an die Kiwis, Mandarinenscheibchen und Oliven? Wenn mir noch etwas einfällt, rufe ich wieder an. Freust du dich auch schon so?«

›Mein geliebter kleiner Wirbelwind, es ist ja wirklich schön, dass du deine Verlobung zu Hause feierst, und auch, dass so viele Gäste kommen - hoffentlich treffen nicht einige von ihnen schon vor euch ein - aber es fällt mir doch ziemlich schwer zu akzeptieren, wie selbstverständlich du annimmst, dass nun ich den größten Teil der Vorbereitungen treffe! Sicher wäre es vernünftig, gleich zu überlegen, was alles gemacht werden muß. An diesem schönen Sommertag? Nein, soll die Arbeit doch warten!‹

Es ist nicht mehr so heiß. Christine hat den Schatten des Ahorns verlassen und sich auf einen von der Sonne beschienenen Platz gesetzt. Ihre Haut genießt die Wärme. Im Garten bewegt der leichte Wind die hochstehenden Ziergräser, die in einzelnen Polstern zwischen tiefblauem Rittersporn und weiß leuchtenden Margeriten stehen.

›Also, Oliven, gefüllt, zum Verzieren. Das, was ich vorbereite, werde ich bestimmt nicht verzieren, dazu habe ich keine Zeit und eigentlich auch keine Lust. Du kannst etwas für das Auge richten, ich für den Magen. Freust du dich auch so sehr, Mama? Nein, vielleicht nicht ganz. So einverstanden ich ja mit deinem Thomas bin, seid ihr beide nicht doch etwas jung zum Verloben? Thomas, sei bitte immer lieb zu meinem kleinen, kapriziösen Wirbelwind!‹

›Und wieder das Klingeln des Telephons! Abstellen sollte ich es!‹
»Peter, bist du denn schon fertig?»
»Nein, ich bin‘s, deine Schwester! Wie gut, dass ich dich antreffe! Der Besuch bei Vater war entsetzlich deprimierend. Ich war erschreckt über sein Aussehen. Seit meinem letzten Besuch hat er sich so verändert! Und vor allem, stell dir vor, er fragte mich mehrmals, das erste Mal gleich nach meiner Ankunft, kaum dass wir uns begrüßt hatten, - du, die Vögel, die ich durch das Telephon höre, stören mich, kannst du bitte dein Fenster zumachen? Ja, danke, so ist es besser - also er fragte mich: ›Hilfst du mir, mich umzubringen? Mein Leben ist so sinnlos!‹ Ich fand das schrecklich! Will er mich etwa an meinen Selbstmordversuch erinnern? Hält er mich auf dem Gebiet für kompetent und will von meinen Erfahrungen profitieren? Er war ja nie in der Lage, sich auf seine Kinder einzustellen und sie zu verstehen. Er ahnt nicht, wie sehr er mich damit quält!«

Sinnlos - auch mit Christine hatte er sich oft über die Sinnlosigkeit unterhalten. Das Leben hat in seinen Augen nur dann einen Wert, wenn etwas geleistet wird. Das hatte auch für seine Kinder gegolten, selbst als sie noch ganz klein waren. Und nun, da er nicht mehr so viel leisten kann, wie er von sich fordert, ist sein nächster Programmpunkt der Tod.

»Zwischendurch fragte er mich immer wieder - schließlich hat er gemerkt, dass es seine Gründe hat, warum ich ihn so selten besuche - was er falsch gemacht habe bei der Erziehung seiner Kinder, besonders bei mir. Ich kann diese Frage einfach nicht ertragen! Und, Christine, du weißt ja nur zu gut, wie randvoll ich bin mit Vorwürfen gegen Vater, auch heute noch, aber die kann ich ihm doch nicht jetzt, wo er so krank ist, an den Kopf werfen! Außerdem ist es sowieso zu spät. Ja, und statt ihm klarzumachen, was er alles an mir und auch an dir verbrochen hat, erinnerte ich ihn daran, wie er uns gefördert hat, nun ja, das stimmt schließlich auch, aber was nutzte das, wenn er dabei nur seinen Ehrgeiz befriedigte und uns als Kinder tyrannisierte, uns sogar als Erwachsene bestimmen wollte. Ich musste mich vergewaltigen, um etwas Positives zu sagen, obwohl ich natürlich weiß, dass das ungerecht ist. Aber immerhin war er eine Zeitlang zufrieden.«

Vor allem hätte sie ihm sagen können: Ich habe Angst vor dir, schon immer hatte ich Angst, als kleines Kind, als Schülerin, als Studentin, sogar noch jetzt als Frau von neununddreißig Jahren.

»In den letzten Tagen vor dem Besuch war ich richtig krank vor Angst. Ich hätte am liebsten alles getan, um Vater nicht besuchen zu müssen. Aber das Schlimmste, das Allerschlimmste kommt erst jetzt. Ich habe…«

Christine verläßt ihren Petunien- und Ahornblick, geht ins Schlafzimmer, schließt das Fenster, hockt sich auf den Fußboden, möglichst weit fort vom Fenster, als plötzlich ein Nachbar seinen quälend lauten Rasenmäher in Betrieb setzt und sie ihre Schwester kaum noch verstehen kann.

»…habe endlich den Entschluss gefaßt und gerade den Brief weggeschickt, mündlich hätte ich es nicht fertiggebracht. Morgen wird er den Brief bekommen. Ich habe meinem Liebhaber geschrieben, dass alles aufhören muss! Ich kann dir gar nicht sagen, wie entsetzlich schwer mir das gefallen ist! Ich bin nur noch am Weinen!«

›Nun also doch! Eine Trennung von ihrem geliebten heimlichen Freund, von dem sie mir so häufig erzählt hat, ohne jemals seinen Namen zu nennen. Niemand sonst durfte etwas von ihrem ›Liebhaber‹ wissen.‹

»Wir haben uns ja oft genug darüber unterhalten. Ich kann dieses Doppelleben einfach nicht mehr ertragen. Immer habe ich Angst, dass die

Kinder etwas merken oder dass es einen Skandal in der Stadt gibt. Seine Frau treffe ich von Zeit zu Zeit; ich weiß dann nie, wie ich mich verhalten soll. Das ist alles so verlogen und eine noch größere Katastrophe als eine Trennung von ihm. Ich habe ihn in meinem Brief gebeten, mich nicht anzurufen. Wenn ich seine Stimme am Telephon höre, werde ich verrückt, dann kann ich nicht stark bleiben! Sag nichts, Christine. Diesmal kannst nicht einmal du mich…«

Nun legt auch Christine auf. Sie braucht einen Augenblick, um sicher zu sein, dass nicht auch sie ins Telephon weint, bevor sie erneut zum Hörer greift.

»Hei, Mama, warum telephonierst du so ewig! Schon seit zwei Minuten versuche ich, dich zu erreichen! Mein Freunde warten doch auf mich! Stell dir vor, Mama, ich habe mein Diplom mit einer Eins gemacht! Die Prüfung ist ganz phantastisch gelaufen! Gleich von Anfang an war die Atmosphäre gut. Du weißt ja, dass ich ziemlich große Angst hatte, aber dann, kurz vor der Prüfung, war sie auf einmal fast ganz weg. Beinahe lässig bin ich reingegangen, habe da ganz leger gesessen und konnte alle Fragen beantworten. Von zwei Professoren wurde ich geprüft, und ich durfte sogar auswählen, bei wem ich zuerst drankommen wollte. Natürlich habe ich den ausgesucht, mit dem ich mich am besten verstehe. Gleich am Anfang fragte er: Woraus besteht das Immunsysten? Wie sieht ein Immunglobulin aus? Dann haben wir über die Antikörpervielfalt gesprochen. Da wusste ich auch gut Bescheid. Ich habe ihm gesagt:…«

Was Peter ihm gesagt hatte, kann sie nicht verstehen, denn in diesem Augenblick kreischt draußen eine elektrische Säge auf. Die Nachbarn nutzen wohl das schöne Wetter für möglichst laute Arbeiten im Garten. Die Diele, welche kein Fenster nach draußen hat, schützt am sichersten vor dem Lärm, am wenigsten dunkel ist es der Küchentür gegenüber, deren Glasscheibe einen Lichtschimmer hindurchläßt.

»...Und dann wollte er noch wissen, was B- und T-Zellen sind, wie ihre Entwicklung abläuft; und außerdem hat er gefragt: Was sind C4-Pflanzen im Gegensatz zu C3-Pflanzen? Was ist ein diurnaler Säurerhythmus? Ich habe pausenlos geredet und alles angebracht, was ich wusste. Die Zeit verging viel zu schnell. Es hat richtig Spaß gemacht. Schließlich unterbrach uns der zweite Professor: ›Jetzt bin ich aber dran.‹ - ›Nein, ich habe noch eine Frage an den Kandidaten:...‹ - Ist Papa übrigens schon zu Hause? Du kannst ihm ja alles erzählen! - Die Prüfung bei dem zweiten Professor war nicht ganz so gut. Er hat vor allem nach der Wirkung von Dünger und Stickoxiden gefragt. Das interessiert mich nicht besonders. Aber ich wusste es wenigstens, und ich konnte eine Menge dazu sagen. - Die Beratung der Professoren nach der Prüfung ging ganz schnell. In der zweiten Prüfung bekam ich Eins bis Zwei, in der ersten Eins, und als Gesamtergebnis eben eine Eins. Ob ich nun das ganze Diplom mit einer Eins schaffe, weiß ich nicht. Das hängt auch noch von meiner Diplomarbeit ab. Über diese Eins freue ich mich jedenfalls sehr! Immer habe ich vorher auf einer Zwei rumgehangen, obwohl ich so viel gelernt habe. Und jetzt endlich diese Eins! Ich finde, die habe ich auch richtig verdient!«

Wie sehr bewunderte und beneidete Christine ihren klugen, charmanten und selbstbewussten Sohn! Doch, er hatte in den letzten Wochen viel gearbeitet und - er hatte alles sehr geschickt eingeteilt, sich genau überlegt, welchen Stoff er wohl für welche Prüfung beherrschen müsste, und dann bereitete er sich gezielt darauf vor. Einige Wochen, mehr nicht. Wie übrigens auch bei seinem Vordiplom.

»Ich könnte für das Vordiplom eine Eins anpeilen, aber dann müsste ich nur noch lernen, das lohnt sich nicht. Ich sehe zu, dass ich alle Gebiete gut kann, und werde eine Zwei machen.« Und die hatte er geschafft, in allen Fächern, mit geringem Aufwand. »Ich kenne keinen Menschen, der mit so wenig Arbeit so viel erreicht,« charakterisierte Felix seinen

Sohn von Zeit zu Zeit. »Während der Prüfung haben die Freunde mein Auto geschmückt.«

Sein Auto, das er so liebt, geschmückt oder ungeschmückt. Er hatte, ausgewählt unter vielen Bewerbern, einen lukrativen Studentenjob erhalten, den er geschickt und mit Gewinn ausübte. Kleine Gewächshäuser verkaufte er. Es gelang ihm prächtig, Gartenbesitzer davon zu überzeugen, wieviel besser ihre Tomaten unter dem Schutz der Glasscheiben gedeihen würden.

»Morgen mache ich eine kleine Reise, die habe ich wirklich verdient nach der harten Schufterei! Ich erzähle euch hinterher davon.«

Fährt er zum Segeln? Oder nach Südfrankreich in die Villa, die den Eltern eines seiner Freunde gehört?

»Zu Tinas Verlobung bin ich natürlich wieder da. Am Samstag Abend komme ich zurück. Bei den Vorbereitungen kann ich dann leider nicht mehr viel helfen. Für heute Abend habe ich meine Freunde eingeladen; wir wollen zusammen feiern. Sie waren in dieser Zeit so lieb zu mir und haben sich sehr nett um mich gekümmert. Tschüss! Ich muß schnell weg.«

Draußen ist inzwischen alles ruhig. Die Terrasse liegt im Schatten; das Leuchten der Sonne auf den Blumen ist erloschen. Während Christine sich über die Prüfung ihres Sohns freut und wünscht, dass er eine schöne Reise vor sich hat, während sie an die Vorbereitungen für die Verlobung denkt, hat sie das Bild ihrer Schwester vor Augen, die zu Hause sitzt und weint, und das ihres kranken Vaters, der seine Tochter bittet, ihn zu töten.
Gleich wird sie Felix von den Anrufen der Kinder berichten, anschließend zu Gabi und Christoph gehen, den neuen Schrank bewundern und sich ihre Pläne über die Reise in die Alpen anhören.

Der Traum.

Auf einer Reise durch Burgund hatte ich ihn kennengelernt. Zuerst war er mir in Beaune aufgefallen, im Hôtel-Dieu vor dem spätgotischen Altarbild, das das Jüngste Gericht darstellt. Er starrte auf die rechte Seite des Flügelaltars, die Seite der Verdammten.

In Tournus traf ich ihn im Klostergarten wieder, wo er die Säulen des Kreuzgangs betrachtete, die sich in der Glaswand des angrenzenden Kapitelsaals spiegelten und mit denen des Saals überschnitten, so dass das Spiegelbild kaum von den Säulen im Kapitelsaal zu unterscheiden war.

Ganz ähnlich wie im Kreuzgang der Kirche in Beaune, stellten wir fest.

Am Abend, den wir gemeinsam verbrachten, verabredeten wir, uns wenige Tage später in Autun zu treffen, um dort die Kathedrale zu besichtigen.

Mein neuer Freund, der schon vor mir in Autun angekommen war, gab mir eine Einführung in die Geschichte der Kathedrale, die früher das Ziel von Wallfahrten der Aussätzigen gewesen war. Er machte mich auf die Skulpturen an den Säulen, auf die Kapitelle und vor der Kirche auf das Tympanon aufmerksam.

Erst später, nachdem er mir seinen Traum erzählt hatte, wurde mir bewußt, dass er vor allem von den Darstellungen der Teufel, Dämonen und Verdammten gefesselt war.

Wir setzten uns auf den Platz vor der Kathedrale, und dort, im Schatten des Jüngsten Gerichts auf dem Tympanon, erzählte er mir seinen Traum.

Am Ende eines langen, dunklen Tunnels befand ich mich auf einem großen Gelände mit Schlacken, wie auf einem Lavafeld in der Umgebung eines Vulkans. Nach und nach entzifferte ich ein schreckliches Bild. Aus dem dunklen, unfruchtbaren Boden sah ich Speerspitzen hervorragen, größere, kleinere, alle scharf. Voll staunenden Entsetzens schaute ich über dieses trostlose Gebiet. Ich wusste, dass es einen Bezug zu meinem eigenen Leben gab, aber welchen? Plötzlich stand mir die Bedeutung klar vor Augen. Diese Speerspitzen waren das Symbol für verletzende Worte und Taten, mit denen ich andere Menschen verwundet hatte. Ich war gepackt von Schrecken und Reue.

Ja! Ich gebe es zu! Mit diesem Speer habe ich zugestoßen! Aber es war Selbstwehr. Ich wurde angegriffen; da musste ich doch etwas tun, um mich zu schützen!

Diese Speerspitze? Die habe ich mit vollem Bewusstsein benutzt, wenn auch nur unter eigenen Qualen. Aber es war notwendig, um mich von der Macht und dem Einfluss, den einige Menschen schon allzu lange auf mich ausübten, zu lösen. Nie hätte ich mich befreien können, wenn ich nicht zugestoßen hätte!

Es stimmt! Hier war ich ungerecht, ich weiß! Meine Härte galt nicht den Menschen, gegen die sie sich richtete, sie betraf vielmehr die, mit denen ich vorher zusammengekommen war. Die Begegnung mit ihnen war jedoch so hässlich verlaufen, ich hatte mich von ihnen so verletzen lassen, dass ich nun selber verletzte, Menschen, die ganz unschuldig daran waren.

Ja, diese Situation erkenne ich auch wieder! Es war mir bewusst, dass ich zustieß. Ich beobachtete mich sogar dabei, wie Wort für Wort die Wunde beim andern tiefer wurde, und verachtete mich dabei. Aber mein Zorn war größer als meine Selbstbeherrschung. Ich wollte den Zorn bezähmen, aber er brach aus mir hervor. Meine Worte quälten mich selber vielleicht mehr als die Menschen, die sie trafen. Dennoch konnte ich nicht aufhören!

Da, die nächste Speerspitze! Ich wollte keinem wehtun, nur zeigen, wie geistreich ich meine Worte setzen konnte, doch geschah das auf Kosten eines Schwächeren, den ich zum Opfer meines zynischen Witzes machte.

Aber nun kommt es noch viel schlimmer. Ich war nicht böse, nicht zornig gewesen, als ich die Waffe benutzte. Ich bildete mir ein, etwas für andere

Leute zu tun, ihnen eine Freude zu bereiten, sie zu unterstützen. Aber jetzt ragten diese Speere empor. Als ich mir vorkam wie ein Retter und Held, hatte ich nur Wunden geschlagen!

Und diese hässlichen Spitzen sind hier gewachsen, weil ich nichts oder zu wenig getan hatte. Gleichgültig oder blind oder bequem oder egoistisch war ich vorübergegangen an Menschen, denen ich mich hätte zuwenden sollen. Meine Talente hatte ich vergraben. Und von dem, was ich besaß im Leben, hatte ich zu wenig abgegeben. Ich wollte es für mich selber behalten.

Die Worte der Rechtfertigung vergingen mir. Vor der Menge der Verletzungen verstummte ich. Es war nun nicht mehr von Bedeutung, warum ich all das getan hatte. Ich stand nur fassungslos vor dem leblosen Feld. Plötzlich spürte ich, dass all die Speerspitzen aus der Schlacke hervorwuchsen. Sie reckten sich auf mich zu, ein Wald von Spitzen bedrohte mich, sie berührten meine Haut, sie durchbohrten mich, ein Feuer von Schmerz zerriss mich, ich schrie, ich schrie, ich verlor das Bewusstsein.

Als ich wieder zu mir kam, brannten die Schmerzen in meinem Körper. Ich versuchte, meine Umgebung wahrzunehmen, und fand mich reglos in einem Garten, in den die Sonne schien, warm, freundlich, liebevoll. Sie begann, meine Wunden zu heilen, sie gab mir die Kraft, mich zu bewegen. Wunderschöne Blumen wuchsen dort; sie richteten sich nicht nach dem Rhythmus der Jahreszeiten. Blüten des Frühlings standen neben solchen, die erst im Herbst erwachen. Ihr Anblick heilte mich vollends. Ich fühlte mich glücklich.

Mir fielen die Speerspitzen ein, und da erkannte ich, dass die Blumen deren Gegenbild darstellten. Ja, so war es, sie blühten in dem Garten für jede Aufmerksamkeit, die ich andern Menschen entgegengebracht, für die Liebe, die ich für sie empfunden hatte.

Ich lachte beim Anblick einiger Blümchen. Und war erstaunt! Diese kleine Begebenheit war würdig gewesen, hier als Blume zu stehen? Ich hatte doch nur jemanden angelacht, weil ich glücklich war. Ich hatte etwas weitergereicht aus der Fülle des Augenblicks.

Und diese Blumen? Es war so leicht gewesen! Mir hatte es Freude gemacht abzugeben. Deshalb leuchtete hier wirklich eine Blüte?

Und dort? Ja, ich musste doch einfach handeln! Wenn ich selber in einer so schlimmen Situation gewesen wäre, dann hätte ich mich auch über Hilfe gefreut.

Noch eine wunderschöne Blume! Dabei hatte ich mich gewehrt gegen mein eigenes Tun! Nur sehr ungern hatte ich mich für einen Freund eingesetzt, weil es eben notwendig war!

Die anderen Blumen, die daneben blühten - hatten sie wirklich verdient, hier zu sein? Die Freundlichkeit, aus der sie erwachsen waren, hatte weniger einen andern Menschen als meine eigene Eitelkeit und Selbstliebe zum Ziel gehabt.

Und weitere schöne Blumen! Ach, da hatte ich ganz einfach geliebt. Meine Liebe hatte mein Verhalten bestimmt.

Er lächelte scheu.

»Haben Sie keine Angst, dass ich eine weitere Aufzählung meiner guten Taten, der echten wie der unechten, bringe!

Inzwischen weiß ich, dass das, was ich in meinem Traum erlebt habe, keine Beurteilung von Schuld und Verdienst ist. Vielmehr musste und durfte ich die Wirkung, die mein Handeln auf andere Menschen ausgeübt hatte, am eigenen Leib erfahren, im Guten wie im Bösen. Das Urteil des Jüngsten Gerichts ist noch nicht gesprochen. Es wird nicht identisch sein mit dem blühenden Garten und dem toten Schlackenfeld.«

Wir schwiegen lange. Der entspannte, glückliche Ausdruck, den sein Gesicht bei der Beschreibung des Blumengartens getragen hatte, war erloschen. Er sah gequält aus, so als ob die Speerspitzen ihn erneut bedrohten. Ich griff nach seiner Hand und führte ihn vor das inzwischen angestrahlte Tympanon der Kathedrale. Wir schauten auf die Waage, die das Jüngste Gericht symbolisiert. Auf den beiden Schalen befanden sich Menschen, die ihr Urteil erwarteten. Vergeblich suchte der Teufel eine der Schalen herabzuzerren, um ihre Seelen für sich zu gewinnen.

Die andere Schale, auf die der Erzengel Michael seine Hand legte, wog schwerer. Daneben war Christus, nicht nur als Richter, sondern auch, wie auf dem Altar in Beaune, als Retter und Erlöser.

Der Kreuzweg.

MITTEILUNG

Lokalseite

23. Juli

Am Abend des 21. Juli wurde der moderne Kreuzweg, der zu der bekannten Wallfahrtskapelle des Klosters St. Antonius führt, zerstört. Hinweise nimmt sowohl jede Polizeidienststelle (Tel. ...) als auch das Kloster St. Antonius (Tel. ...) entgegen.
(s. auch Kulturseite.)

Kulturseite

Wie im Lokalteil gemeldet, wurden einige Stationen des Kreuzwegs St. Antonius stark beschädigt. Sie waren erst im April dieses Jahres fertiggestellt und am Ostermontag vom Bischof geweiht worden. Der Kreuzweg war in kurzer Zeit in der Region berühmt geworden. Der Bildhauer hatte sich an die traditionelle Form gehalten und die üblichen Stationen dargestellt, deren Bezeichnungen wir wiedergeben:

I. Jesus wird von Pilatus verurteilt;
II. Jesus nimmt sein Kreuz auf sich;
III. Jesus fällt zum erstenmal unter dem Kreuz;
IV. Jesus begegnet seiner weinenden Mutter;
V. Simon hilft Jesus das Kreuz tragen;
VI. Veronika reicht Jesus das Schweißtuch;
VII. Jesus fällt zum zweiten Mal unter dem Kreuz;

VIII. Jesus tröstet die weinenden Frauen;
IX. Jesus fällt zum dritten Mal unter dem Kreuz;
X. Jesus wird seiner Kleider beraubt;
XI. Jesus wird ans Kreuz geschlagen;
XII. Jesus stirbt am Kreuz;
XIII. Jesus wird vom Kreuz abgenommen;
XIV. Jesus wird zu Grabe getragen.

Auf einem letzten Relief, das unmittelbar vor der Klosterkapelle steht, hatte der noch junge Künstler die Auferstehung Christi dargestellt.

In dem neuen Kunstführer von St. Antonius, in welchem die Wallfahrtskapelle und der moderne Kreuzweg beschrieben werden, heißt es unter anderem: »Der im Boden verankerte Sockel wird im Schaft, welcher jeweils Zahl und Text der Station in römischer Antiqua trägt, nur wenig schmaler. In den Schaft ist der für alle Stationen gleichartige Rahmen in Gestalt einer Mandorla eingelassen. (Anm. d. Red.: ursprünglich runder, dann mandelförmiger Heiligenschein, später Rahmen für byzantinisch-romanische, gotische Christusdarstellungen in Buchmalerei und Kirchenportalen.)

Aus dieser Mandorla tritt das Figurenrelief halbplastisch hervor. Der Eindruck der Bilder, die nur wenige ausdruckstarke Figuren enthalten, wird durch die Größe des Reliefs verstärkt: Sockel und Schaft zusammen sind kaum größer als das Relief. Bei einer Gesamthöhe des Bildstocks von 1,70 m steht der Betrachter Auge in Auge mit dem leidenden Herrn. Aus der Ferne betrachtet, erinnern die 14 Stationen des Kreuzwegs an steinerne Bäume.

DIE UNTERSUCHUNG.

Der Abt des Klosters, der die Stationen in Auftrag gegeben und in stän-

digem Kontakt mit dem Bildhauer gestanden hatte, sowie ein Kriminalkommissar befanden sich am Morgen des 22. Juli auf dem Kreuzweg, der ziemlich steil zur Wallfahrtskapelle hinaufführt. Beide konzentrierten sich auf ihre Untersuchungen, machten von Zeit zu Zeit Notizen über ihre Beobachtungen: der Abt wollte mehrmals etwas sagen, schwieg dann aber doch. Manchmal blieb er, manchmal der Kommissar eine längere Zeit an einer bestimmten Stelle stehen, um diese genauer zu prüfen. Sie entfernten sich voneinander, trafen wieder zusammen und ließen sich schließlich, nachdem sie ihre Untersuchung vorläufig beendet hatten, im Klosterstüble bei der Wallfahrtskapelle nieder, wo ein Bruder sie bewirtete.

»Es handelt sich eindeutig um eine sinnlose, mutwillige Zerstörung. Der Täter hat kräftig zugeschlagen; die Steine und Splitter sind dort liegengeblieben, wo sie hingefallen sind. Er bemühte sich nicht, seine Spuren zu beseitigen. Mehr oder weniger stark beschädigt wurden...« der Kommissar schaute auf seine Notizen »...Bildstöcke Nr. 1,2,3,4,5,9,10,11, wobei Nr. 1,2,3, und Nr. 4 auf den Boden geworfen wurden und eine besonders starke Zerstörung am unteren Teil erfuhren, während die anderen Bildstöcke nicht umgestürzt wurden, sondern es dort nur die Skulpturen sind, die Beschädigungen aufweisen. Vor Nr. 10 sind, wenn auch nur andeutungsweise, Spuren sichtbar, aus denen hervorgeht, dass der Täter gefallen ist. Man kann annehmen, dass er sich dabei verletzt hat oder - falls er betrunken war - durch den Aufprall aus seinem Rausch gerissen wurde. - Jedenfalls hört ab dieser Stelle die Zerstörung auf, wenn man von einer leichten Beschädigung auf Nr. 11 absieht. Es muss ein aggressiver, kräftiger Bursche gewesen sein, der pietätlos aus purem Vandalismus etwa 2/3 des Kreuzwegs zerstört hat.«

»Meine Beobachtungen führen zu einer anderen Schlussfolgerung,« sagte der Abt. »Ich habe mir vor allem die unterschiedliche Art der Beschädigungen angeschaut, wobei mir auffiel, dass die Christusfigur nicht angetastet wurde, von zwei Ausnahmen abgesehen. In einem der beiden Fälle, an der ersten Station, könnte die Beschädigung sekundär sein, das heißt, sich beim Umfallen der Station ereignet haben. Den zweiten Fall möchte ich nochmals untersuchen: vorläufig kann ich mir die Beschädigung des Christus nicht erklären. Ich nehme an, sie war ebenfalls nicht beabsichtigt.

Auch die auf den verschiedenen Stationen dargestellten Frauenfiguren, Jesu Mutter, die beiden Marien, Veronika, wurden nicht zerstört. Das kann kein Zufall sein.

Meiner Meinung nach ist er im Grunde ein frommer Mensch, der es - bewusst oder unbewusst - nicht wagte, sich an den Darstellungen Jesu und der Frauen zu vergreifen. Vielleicht ist das auch der Grund dafür - und nicht sein Sturz, wie Sie meinen -, dass er die Zerstörung nicht bis zum Ende fortsetzte; denn an den drei verschonten Stationen, die den Tod Jesu, die Abnahme vom Kreuz und die Grablegung darstellen, gab es für ihn, sollte meine Charakterisierung richtig sein, nichts mehr zu vernichten.«

DIE ZERSTÖRUNG

Er schlägt zu, mit aller Kraft. Ein paar heftige Schläge auf den Schaft, die erste Station stürzt zu Boden. Er bückt sich, schlägt noch einmal zu, Pilatus, der dabei ist, Jesus zu verurteilen, ist zerstört. Weiter, er hastet den Hang hinauf, weiter.
Alles würde er zerstören, den ganzen Kreuzweg!

»Bitte, seien Sie nicht allzu enttäuscht«, hatte ihn der Dompfarrer am Abend angerufen. »Einige Mitglieder der Kommission waren nicht einverstanden. Der Bildhauer B., der älter und erfahrener ist als Sie, wird den Auftrag für das Münster erhalten.«

Die nächste Station kracht zu Boden. Er schlägt auf das Kreuz, das Jesus auf sich genommen hat: nun trifft er die Hände, die das Kreuz umfassen. Nein, das kann er nicht! Er, Franziskus, wird nicht auch auf Jesus einschlagen, der schon so gequält wird. Warum muss er so leiden? Die nächsten Schläge versetzt er gezielt. Er will nur das Kreuz vernichten; Jesus aber, der Träger, darf nicht verletzt werden.

Er schlägt auf den Sockel der dritten Station. »Warum bekomme nicht ich den Auftrag!« Und nun auf das Kreuz, das den zum ersten Mal gefallenen Jesus bedeckt! Es bricht in der Mitte durch, ein Teil der Balken verschwindet.

Vor der vierten Station bleibt Franziskus keuchend stehen, mit der rechten Hand umkrampft er den Hammer. »Sie bekommen den Auftrag nicht!« Nein, nein, hier ist nichts zu zerstören; da, wo Jesus seiner Mutter begegnet, gibt es unendlichen Schmerz, er kann nicht in den Schmerz hineinschlagen. Der schon erhobene Arm trifft nur den Sockel; er versucht mit dem anderen die zu Boden fallende Station zu stützen, um den Sturz zu mildern, zieht ihn zurück, bevor der Stein ihn zerschmettert. Aber da, die Schrift auf dem Schaft braucht er nicht zu schonen; heftige Schläge zerbrechen den Schaft, die Steinsplitter treffen Jesus und Maria und ihn selbst, er merkt es nicht.

Ein anderer wird den Auftrag bekommen! Den modernen Kreuzweg, der in dem renovierten romanischen Münster aufgestellt werden soll, wird ein anderer Bildhauer schaffen. Es war doch so klar gewesen, dass er der Künstler auch dieses Kreuzwegs sein wird. Er hatte sich schon seit langem mit den Entwürfen für die einzelnen Stationen beschäftigt. Die Figuren, die in der romanischen Kirche stehen würden, bekämen eine andere Gestalt als diese Stationen, die im Freien, am Berghang, aufgestellt sind.

Sein nächster Schlag trifft auf Simon, der Jesus das Kreuz tragen hilft. Nicht er darf den Kreuzweg schaffen.
»Simon, nicht wahr, du hast keine Lust, diesem Verbrecher, der gekreuzigt werden soll, zu helfen! Du musstest gezwungen werden, ihm das Kreuz zu tragen. Du magst nicht in seine Nähe gebracht werden. Man merkt, du rückst ab, möglichst weit ab, und hältst das Kreuz ganz hinten, während Jesus den vorderen Teil des Kreuzes schleppt, den der

Querbalken noch schwerer macht.«

Bei der nächsten Station bleibt Jesus stehen und nimmt das Tuch, das Veronika ihm reicht.
»Ja, wisch dir den Schweiß ab, die Tränen, das Blut, das unter deiner Dornenkrone hervorquillt. Lass dich trösten von Veronika, bevor es für dich so schrecklich weitergeht.«

Franziskus holt aus zu einem kräftigen Schlag, der die ganze Stirn zertrümmert. Entsetzt packt er mit der einen Hand auf das steinerne Tuch der Veronika, wo die Gesichtszüge des leidenden Christus angedeutet sind, mit der anderen auf die Wunde, die er eben geschlagen hat:
»0 Jesus, verzeih, ich wollte dir nicht wehtun, ich wollte dir nur die Dornenkrone abnehmen und deinen Kopf befreien. Versteh es bitte. Ich bin zornig und enttäuscht. Du hast gehört, dass ich meinen Auftrag nicht bekomme. Es ist so ungerecht.«

Franziskus rennt weiter, bleibt kurz stehen vor der Darstellung des zum zweiten Mal gestürzten Jesus: »Simon, warum trägst du nur das Kreuz, warum stützt du nicht auch Jesus! Hast du darauf gewartet, dass ich ihm das Kreuz trage, zwei Jahrtausende später? Ja, ich werde ihm tragen helfen, nichts mehr soll von dem Kreuz übrigbleiben! Er braucht es nicht mehr zu tragen.«
»So, Jesus, dein Kreuz ist fort, bleib doch noch einen Augenblick liegen, ruh‘ dich aus, bevor du deinen Weg fortsetzt.«
»Ich bekomme den Auftrag nicht. Ich darf dich nicht darstellen in dem neuen Kreuzweg im Münster!«

Wieder bleibt Franziskus stehen vor Jesus, der nun die weinenden Frauen tröstet.
»Woher findest du, der du selbst zusammenbrichst, die Kraft, deine Mutter und die beiden anderen Frauen zu trösten? Auf dem Kreuzweg

im Münster werde ich dich anders darstellen: diese Station werde ich aus deiner Passion herausnehmen. Du wirst dort kein Leidender sein, sondern der schon Verklärte, der die Frauen tröstet und ihnen neuen Mut gibt.«

Franziskus läuft weiter zu Jesus, der zum dritten Mal zusammengebrochen ist. Er liegt so da, als sei er nicht fähig, jemals wieder aufzustehen.
»Jesus, warum lässt du dir das alles gefallen? Wie kannst du es ertragen, so behandelt zu werden? Steh auf als Herrscher, nein, als Richter, bestrafe die, die dich quälen, sperr sie ein, nein, schlag sie, schlag sie!«
Erneut läuft Franziskus weiter, er greift die Soldaten an, die dem Sterbenden die Kleider wegnehmen, zwei sind zerstört, beim Schlag, der den dritten treffen soll, rutscht er aus und stürzt zu Boden.
»Nein, Jesus, ich bin noch nicht fertig. Jetzt ist der Soldat dran, der dich ans Kreuz nagelt. Ich schlage ihn weg. Du darfst nicht sterben; entschuldige, meine Hände zittern, ich kann nur seine Beine zerstören, ich habe Angst, dich noch einmal zu treffen mit dem schweren Hammer. Das will ich nicht!«

BESINNUNG

Kurz nachdem der Abt und der Kommissar den Kreuzweg untersucht hatten, traf der Bildhauer ein. Nur zögernd, mit gebeugten Schultern, ging er zu der ersten Station, wie einer, den der Mut verlassen. Er schaute sich sein Werk an; auf der ersten Station waren die Hände der Christusfigur abgeschlagen, an der Handwurzel, gerade dort, wo er die Fesseln dargestellt hatte: es sah so aus, als sei Jesus von seinen Fesseln befreit worden. Die Beschädigungen der zweiten und dritten Station wirkten, als habe der Zerstörer seines Kunstwerks Jesus die Schwere des Kreuzes nehmen wollen. Langsam ging der Bildhauer an Jesus und seiner Mutter vorbei, die auf dem Boden lagen, unverletzt. Aber da,

Simon, der zerschlagen ist! Nun muss Jesus sein Kreuz allein tragen! Welch sinnlose Zerstörung! Jesus und Veronika: seine verletzte Stirn. Entsetzt streichelt Franziskus mit der einen Hand das steinerne Tuch, auf dem er die Gesichtszüge seines leidenden Christus angedeutet hatte, mit der anderen die Wunde, die er am Abend vorher geschlagen hatte.

»0 Jesus, verzeih, ich wollte dir nicht wehtun. Ich wollte dir nur die Dornenkrone abnehmen und deinen Kopf befreien. Versteh es bitte. Ich bin maßlos zornig und enttäuscht. Du weißt, ich habe mich immer wieder hineinversetzt in die Stationen deines Leidenswegs, immer wieder Skizzen gemacht, Details gezeichnet, dein Gesicht bei der Verurteilung durch Pilatus, bei der Begegnung mit deiner Mutter, deine Hand, die das Holz des Kreuzes umklammert, deinen Kopf, zerrissen von der Dornenkrone. Du weißt, erst nach unzähligen Skizzen und Zeichnungen habe ich die ersten Versuche in Stein gemacht, zunächst ganz einfache Figuren, sie dann genauer ausgearbeitet, bis sie ein Bild deiner Leiden waren. Du weißt, ich wollte weiter an dir, mit dir arbeiten, den nächsten Kreuzweg schaffen, den für das Münster. Viele Leute würden kommen, um ihn zu betrachten. Sie würden dich sehen, dargestellt von mir. Und sie wüssten, daß ich es bin, der dich aus dem Stein gehauen hat.«

Vor der 10. Station erkannte Franziskus die Stelle, an der er am Abend zuvor hingefallen war. Er hatte benommen eine Zeitlang dort gelegen. Nachdem er an der nächsten Station dem Soldaten noch einen Schlag versetzt hatte, war er plötzlich kraftlos und voller Entsetzen über das, was er getan hatte, geflohen. Wie am gestrigen Abend wurde er gepackt von dem Gedanken an die Sinnlosigkeit seiner Zerstörung; wie am gestrigen Abend war er versucht, vor der Erinnerung an seine vernichtenden Schläge davonzulaufen. Er merkte nicht, wie er die Hände zusammenkrallte, seine Fingernägel gruben sich in die Handballen ein. Einen Augenblick spürte er plötzlich erneut die Versuchung zuzuschlagen, diesmal auf sein Vernichtungswerk des vergangenen Abends, wie um es aufzuheben durch neue Hammerschläge.

Er sah den Soldaten; nur seine Beine waren beschädigt, mit seinen Händen konnte er die Kreuzigung Christi fortsetzen.

Franziskus schaute zu, wie Jesus gekreuzigt wurde. Ja, so war es bei seiner künstlerischen Arbeit auch gewesen: er hatte nur zugeschaut, wie Jesus gekreuzigt wurde. Beim Versuch des Mitleidens hatte er diese letzte Stufe, diese letzte Station vor dem Sterben, nicht nachvollziehen können. Franziskus empfand plötzlich, dass diese Station die Darstellung eines unbeteiligten Zuschauers geworden war, weniger eindringlich als die anderen Stationen.

Hätte es ihm beim nächsten Kreuzweg besser gelingen können? Vielleicht würde er es erst in vielen Jahren schaffen, vielleicht erst dann, wenn er selbst etwas vom Tod gespürt hatte?

Er betrachtete Jesus, der am Kreuz stirbt. Nur ihn hatte Franziskus in dieser Station dargestellt, nicht die beiden anderen, mit ihm Gekreuzigten, auch nicht sein ganzes Kreuz: nur die ausgebreiteten Arme, einen Teil des Oberkörpers und das Gesicht.
»Herr, verzeih ihnen, denn sie wissen nicht, was sie tun. - Noch heute wirst du mit mir in das Himmelreich eingehen!« Konnte solche Worte nicht nur der Menschensohn sagen, welcher, durchdrungen vom Licht seiner Rückkehr, der Schmerzen nicht mehr achtete? Bei seinem nächsten Kreuzweg würde Franziskus auf dieser Station Jesus nicht mehr leidend darstellen, sondern erlöst vom irdischen Leben.

Jesus wird vom Kreuz genommen.
»Ja, Jesus, du hast es geschafft! Und ich? Was soll ich jetzt tun?«
Vor der letzten Station, der Grablegung, verharrte Franziskus; er stand

dort, an einen Baum gelehnt, und starrte auf den toten Körper Jesu. Dort fand ihn der Abt, der noch einmal zum Kreuzweg zurückgekehrt war.
»Franziskus, nicht der Tod war das Ziel Christi, wie es auch nicht unser Ziel ist! Komm mit mir vor die Darstellung des auferstandenen Christus. Sie wurde nicht beschädigt. Lass uns dort stehenbleiben, nicht hier am Grab.«

Der Abt unterbrach Franziskus nicht, solange dieser sprach. Schließlich sagte er: »Nein, ich mache dir keine Vorwürfe. Ich versuche zu begreifen. Du sagst, du habest in deiner zornigen Enttäuschung wie blind um dich geschlagen. Tatst du das wirklich? Blind? Nicht zugleich auch gezielt? Denn nach den ersten wütenden Schlägen brachtest du es nicht übers Herz, Jesus zu verletzen. Passt das zusammen? Ist ein von blinder Wut Gepackter überhaupt fähig, einen Unterschied zu machen bei dem, was er zerstört? Ist ihm nicht gleichgültig, wohin er schlägt? Was wolltest du vernichten? Dein eigenes Werk? Die Menschen, die es dir nicht ermöglichen, deinen Ehrgeiz zu befriedigen und schon jetzt zu der Anerkennung zu gelangen, die du dir ersehnst? Dich selbst? Und passt das zusammen, Franziskus? Deine Kunst und dein Verhalten? Als Künstler hast du viel verstanden von dem, was Jesus uns vorgelebt und vorgelitten hat, und es gelingt dir, seine Botschaft darzustellen. Deine Reaktion von gestern aber erinnert an das Verhalten eines törichten Kindes, das um sich schlägt, weil man ihm sein Lieblingsspielzeug weggenommen hat. Sollte nicht dein wichtigstes Ziel sein, zu leben, was du in deiner Kunst verstanden hast?«

Nun lächelte der Abt: »Da hast du jetzt die Gelegenheit, einen Kreuzweg herzustellen oder wiederherzustellen: diesen hier, den du selber zertrümmert hast.«

AUFKLÄRUNG

Lokalseite

26. Juli

Der Täter, der den Kreuzweg des Klosters St. Antonius zerstört hat, stellte sich gestern. Aufgrund seines Geständnisses und besonderer mildernder Umstände, die zu der Tat führten, wird von einer Anklage vor Gericht und der Bekanntgabe des Namens abgesehen. Er selbst schlug als Strafe einen Einsatz für das öffentliche Wohl vor. Der Künstler des Kreuzwegs aber ist unter Verzicht auf jegliches Honorar dazu bereit, sein Werk neu zu schaffen.

Den Gipfeln so nah.

Der Weg führte direkt auf die weißen Berge zu. Zuerst durch das Tal, den Wildbach entlang, dem Gletscher entgegen, dann stärker ansteigend, neben, bisweilen auch auf der Seitenmoräne, das letzte Stück bis zu der Hütte, sehr steil, über einen felsigen Weg, zur Gletscherseite senkrecht abfallend, zwischendurch über einige Schneefelder. Jetzt konnte Monica auch noch von oben auf den zweiten Gletscher schauen und beobachten, wie er in fast rechtem Winkel in den Hauptgletscher einmündete.

Das war ein Wanderweg ganz nach ihrem Herzen. Den Bergen, die vor ihr wie ein riesiger, mit Felsen durchsetzter Wall standen, kam sie immer näher, wobei sich der Blick, den man auf die Berggruppe aus einer etwas größeren Entfernung gehabt hatte, verengte zu einem Ausschnitt mit den aus dem Schnee ragenden Felsen und den unterhalb der Gipfel abbrechenden Gletschern.

Monica schaute und ging bergauf, ohne Anstrengung, kam höher, beobachtete Felsvorsprünge, Gletscher, Schnee, die Quellwolken vor dem blauen Himmel und freute sich, dass sie fast so gut wandern konnte wie vor ihrer Krankheit. Nach drei Stunden hatte sie die Hütte erreicht, eine halbe Stunde eher als auf den Wanderhinweisen angegeben.

Und jetzt, unter dem sonnigen Himmel, den Gipfeln so nah, hatte sie das Gefühl wie früher bei ihren Kletter-, Gletscher- und Gipfeltouren, dass sich die Pforte des Paradieses wieder ein wenig für sie öffnete. Als sie einmal einem frommen Menschen von einer ihrer Wanderungen erzählt und dabei die Bemerkung gemacht hatte: »Da stand ich nun auf dem Gipfel und betete die Berge an«, erhielt sie den strengen Verweis: »Man betet nur Gott an!« Ja, natürlich. Und doch fand sie, auch jetzt wieder, dass man durch die Liebe zu seiner Schöpfung zugleich auch den Schöpfer anbetet.

Seit ihrer ersten Reise in die Alpen, als Kind mit ihren Eltern, war sie gefesselt von den Bergen. Aber bald genügten ihr die leichten, braven Wanderungen der Eltern nicht mehr, sie wollte weiter, sie wollte höher. Und, sobald es ihr möglich war, begann sie mit den Hochtouren.

Nun stand sie auf der Terrasse der Hütte und schaute auf die Berge, wie durch einen Spalt der geöffneten Paradiespforte, und dachte daran, dass vor nicht allzu langer Zeit für sie eine Treppe mit nur wenigen Stufen ein fast unüberwindliches Hindernis dargestellt hatte und ein kurzer Gang durch den Park der Klinik anstrengender war als die längsten Tagestouren. Und jetzt diese Hütte, die sie erreicht hatte, und jetzt dieser Blick auf die nahen hohen Gipfel!

Mit den Augen verfolgte sie zwischen den Felsen die Spuren von Bergsteigern im Schnee, steil hinauf, bis sie nicht mehr zu erkennen waren. Eine weitere Spur querte nach Westen den Firn, bevor auch sie in die Höhe führte.

Und da sah sie eine kleine Gruppe von Bergsteigern, die jetzt um die Mittagszeit abstiegen. Weitere Wanderer hatten die steilsten Stellen schon geschafft, sie näherten sich nun langsam auf der Schneespur der Hütte. Die Seile hatten sie schon aufgerollt, die Steigeisen waren seitlich am Rucksack befestigt, die Pickel hingen in der Mitte in der Schlaufe. Auf der Terrasse nahmen sie ihren Rucksack ab.

Da plötzlich fiel die Pforte des Paradieses zu. Und Tränen der Sehnsucht und des Neids schossen Monica in die Augen. Ihre eigene Kletterausrüstung lag nutzlos im Keller: ›Diese Tour hätte ich auch geschafft! In eine Schnee- und Gletscherlandschaft gehöre ich, nicht an den Fuß einer Treppe, die zu viele Stufen hat, nicht auf einen Spazierweg im Park, nicht auf diese Hütte als Ziel meiner Wanderung, sondern als Ausgangspunkt für eine Tour mit Seil und Steigeisen.‹ Sie fühlte sich wieder wie die kleine, brave Tochter, die unterwegs in den Alpen umkehren musste mit den Eltern, der beim Anblick von Bergsteigern die Tränen in die Augen schossen, Tränen der Sehnsucht und des Neids. Und mit ihren randvollen Augen musste sie zugleich auch lächeln: ›Bin ich jetzt als Dreißigjährige nicht weiter als mit vierzehn oder fünfzehn Jahren? Genau wie damals starre ich auf die Bergsteiger, die Gipfel erklimmen, welche ich nicht erreichen kann und die in mir Sehnsucht und Neid erwecken!‹

›Sehnsucht? Die bleibt! Immer! Ganz gleich, wo ich bin. Und wenn ich auf einem hohen Gipfel mit ewigem Schnee stehe, locken mich die weiß glitzernden Berge um mich herum, ich will weiter, auf den Grat vor mir, auf die Felsen, auf den nächsten Gipfel, über den Gletscher.‹

›Neid? Der bleibt! Immer! Ganz gleich, wo ich bin. Und wenn ich auf einem hohen Gipfel mit ewigem Schnee stehe, beneide ich die Bergsteiger, die die Tour fortsetzen, diejenigen, die mehr Erfahrung haben, die häufiger in die Alpen fahren können, und die, welche mit größerem Geschick und besserer Kondition klettern.‹

›Aber warum soll ich nicht sehnsüchtig und neidisch sein? Wenn ich nicht auf die Berge steigen kann, die mich so faszinieren, kann ich gar nicht anders sein als erfüllt von Sehnsucht und Neid. Wenn ich keine Sehnsucht, keinen Neid mehr spüre, dann ist ein Stück Leben in mir abgestorben. Aber soll ich mir das verderben, was ich jetzt schaffe und was mich bis vor wenigen Augenblicken begeistert hat? Und den Rückweg antreten wie das Mädchen, das hinter seinen Eltern hertrottet, mürrisch und unglücklich?‹

Monica geht auf die Bergsteiger zu, fragt sie nach ihren Erlebnissen, hört, was sie begeistert erzählen, sagt zum Abschied: »Das hätte ich auch gern gemacht. Es lockt mich immer, Gipfel zu besteigen! Ich wünsche euch noch viele schöne Klettertouren.« Und beginnt den Abstieg. Dreht sich oft um. Schaut auf die Berge. Je weiter sie sich von ihnen entfernt, um so umfassender wird wieder die Sicht auf den Wall mit den weißen Gipfeln, die unten im Tal einen besonders schönen Anblick bieten hinter dem Hell- und Dunkelgrün der Lärchen und Arven, deutlich zu erkennen durch den schmalen Spalt der geöffneten Paradiespforte.

Wettlauf mit den Wolken

»Sag mal, warum hast du auf deinem Schreibtisch eigentlich dieses Wolkenfoto, auf dem man so gut wie nichts erkennt und, noch schlimmer, daneben das Bild ausgerechnet eines Rindviehs? Andere Leute haben da - entschuldige diese Verbindung - die Fotos zum Beispiel ihrer Kinder.«
»Die stelle ich mir auf, wenn sie ausziehen und woanders wohnen. Jetzt habe ich sie ja immer bei mir.«
»Stimmt! Aber trotzdem! Dass du Tiere magst, weiß ich natürlich, aber dass du besonders rindviehlieb wärest, war mir bisher nicht aufgefallen.«
»Dieses schöne Portraitfoto einer Jungkuh, genauer gesagt, einer Färse, ist eben ein Symbol.«
»Ein Symbol? Wofür?«
»Für meine Liebe zu den Bergen.»
»Hm! Wie wäre es, wenn du ein schönes Bergfoto aufstelltest?«
»Davon gibt es in unserer Wohnung ja auch genug.«
»Kannst du mir dieses Symbol vielleicht erklären?«
»Ach! Ich glaube, du hast keinen Sinn dafür. Mich aber erinnert es an Zeiten, an die ich sehr gern denke. Eigentlich ist es eine ganz einfache Geschichte.«
»Dann erzähl sie doch!«

»Gut, ich will es also versuchen. Du weißt ja, dass ich mehrmals im Himalaja war. Und vielleicht auch, dass ich dort meine schönsten Bergerfahrungen hatte. Ich liebe nun einmal die Berge! Natürlich gibt es auch Enttäuschungen, zum Beispiel, wenn das Wetter schlecht ist. Auch bei den Wanderungen im Himalaja war es zwischendurch neblig und regnerisch, einmal gerade an dem Tag, an dem wir ziemlich nah am Machapuchare vorbeiwanderten. Weißt du, das ist der Berg, der den Göttern heilig ist. Er darf nicht bestiegen werden. Von weitem hatten wir ihn schon gesehen. Er hat eine eigenartige, hoch aufragende Form. Ich hätte ihn mir gerne genau betrachtet. Andererseits finde ich es richtig, dass die Götter ihren Berg verhüllen, wenn Touristen, die sie nicht verehren, vorbeiwandern. Oder ein anderes Mal, ein Pass, fünftausendvierhundert Meter hoch, das war auch sehr traurig, völlig in Wolken! Von dort aus hätten wir einen großartigen Blick gehabt, auf den Dhaulagiri und auf andere hohe Berge in Eis und Schnee, die das Flusstal, durch das wir gewandert waren, umgaben. Aber dann der Abstieg, sehr steil! Beim Heraufwandern bin ich ja gut, aber das Hinabgehen, das fällt mir bisweilen schwer. Und das, nachdem wir auf dem Pass schon sehr müde waren. Doch eine Rast machen konnten wir nicht, dafür war es viel zu kalt und stürmisch. Übrigens habe ich von dort auch ein Foto, mit Nebel und Neuschnee, aber ohne die herrliche Aussicht.«

»Und die Kuh? Was ist nun mit der Kuh?«

»Ja, die kommt noch! In ein paar kurze Sätze kann ich das nicht hineinpressen. Du wolltest es ja wissen. Nun musst du auch ein wenig Geduld haben. Also, auf der allerletzten Himalajawanderung, die ich gemacht habe…«

»Wieso der letzten? Wegen deiner Familie? Meinst du, die würde dich nicht noch einmal freigeben, sozusagen?«

»Doch, ich glaube, da gäbe es wohl eine Möglichkeit. Das ist es nicht. Aber, weißt du, so sehr mich die Landschaft, die Kultur, die Menschen fasziniert haben und so gern ich immer wieder dort wäre, ich möchte nicht oder nicht mehr zu den Wanderern gehören, die ihre so völlig andere Welt in diese stille Berglandschaft hineintragen und den Tourismus dort ausbreiten. Darüber könnte ich dir auch einiges erzählen, aber das ist ein anderes Thema. Jedenfalls hatte ich bei dieser Wanderung beschlossen, nie mehr in ein Himalajaland zu fahren, und habe es dann auch nicht mehr getan. - Wir waren also schon ziemlich am Ende dieser allerletzten Wanderung; das war in Ladakh, in Nordindien. Den Abstieg in niedrigere Regionen hatten wir schon am Tag zuvor begonnen. Aber heute würden wir eine Passhöhe überqueren, von der aus wir in nördlicher Richtung noch einmal die wunderschöne weiße Bergkette sehen konnten, die Gegend, welche wir durchwandert hatten. Danach würden wir den Abstieg fortsetzen, und es wäre für mich aus mit dieser geliebten hohen Bergwelt, ich würde sie nie wieder sehen.«

»Jetzt wirst du richtig melodramatisch!«
»Ja, damals fühlte ich mich auch so. Inzwischen habe ich die Schönheit europäischer Berge wiederentdeckt. - Aber jetzt hör weiter: Dieser letzte Bergblick von der Passhöhe aus schien auf einmal gefährdet, denn Wolken zogen auf, schwül war es ohnehin schon den ganzen Tag, die Sonne stach. Ich beobachtete, wie sich die Wolken um die Mittagszeit auch in Richtung Norden ausbreiteten, die Richtung meiner Bergkette. Noch könnten wir es schaffen, aber da kamen die anderen Wanderer auf die unglückselige Idee, vor dem Anstieg eine Rast zu machen. Recht hatten sie ja, müde war ich auch. Nach den vielen Tagen, die wir in einer Höhe von mehr als viertausend Meter verbracht hatten, war die Umstellung auf diese tiefere Gegend nicht leicht zu verkraften. Aber die Passhöhe! Ich mußte sie doch schnell erreichen, sonst könnte ich die Berge nicht mehr sehen! Lieber wollte ich auf die Rast verzichten, um früher oben zu sein. Die anderen versprachen, bald nachzukommen. So zog ich denn los, in raschem Tempo, das ich in dem Maße zu steigern suchte, in dem sich die Wolken ausbreiteten. Es wurde mir bald heiß, obwohl die Schwüle nachließ, je höher ich kam. Manchmal musste ich stehenbleiben, weil mir der Schweiß in den Augen brannte und mein Herz so schnell schlug, dass ich kaum noch Luft bekam. Ich sagte

mir, dass dieses Hinaufhetzen totaler Wahnsinn ist und ich nicht bis an die Grenzen meiner Kraft gehen darf oder darüber hinaus. Und das nur, um einen trostlosen Blick auf grauweiße Berge vor grauschwarzen Wolken zu werfen? Hellweiß müssen die Berge sein, vor tiefblauem Himmel. So wie bei meiner ersten Wanderungen in Nepal. Da war ich bei herrlichem Wetter, ganz zu Beginn der Tour, als ich noch nicht akklimatisiert war, viel zu schnell einen Bergrücken hinaufgestiegen, auf dessen Höhe man dem Annapurna direkt gegenüber stand. Dabei wusste ich, daß wir den Annapurna mehrere Tage lang, von fast allen Seiten, noch oft genug sehen würden, aber für mich ist es eben nie genug! So auch jetzt. Ich musste auf den Pass, ganz schnell. Vielleicht gewinne ich doch den Wettlauf mit den Wolken. Danach gibt es keinen Himalaja mehr für mich. - Völlig erschöpft und keuchend kam ich oben an. Eine dunkle Wolkenwand schob sich mit großer Geschwindigkeit hinauf.«

»Und? Hast du noch etwas gesehen?«

»Ja, stell dir vor: wenige Augenblicke lang ließen die letzten Sonnenstrahlen die Gipfel der Schneeberge vor föhnig blauem Himmel aufblitzen, während die Wolken stillstanden, als wagten sie nicht, mir die Berge vollständig zu verdecken. Es war ein bewegender, geheimnisvoller Anblick! Dann erreichten die Wolken von unten die Gipfel, es wurde düster, der ganze Himmel war nun bedeckt, so siehst du es auf diesem Foto. Einige Bergfragmente kannst du noch erkennen, wenn du genau hinschaust.«

»Ja, sehr genau hinschauen muss ich wirklich.«

»Dann setzte ich mich völlig erschöpft neben den Weg auf die Weide, auf der ich gerade stand.«

»Und auf der Weide waren, endlich, die Kühe.«

»Ja, jetzt sind wir also bei den Kühen. Aber wir hatten keinerlei Interesse aneinander. Ich beachtete sie nicht, sie beachteten mich nicht. Ich schaute auf die Wolken, in der Hoffnung, noch einmal die Berge sehen

zu können, die Kühe waren weidend dem Boden zugewandt.«
»Aber fotografiert hast du sie dann?«

»Nein, noch längst nicht. Ich fing an, mich allmählich zu wundern, dass die anderen nicht kamen. Nun ja, vielleicht hatten sie die Rast ausgedehnt. Nach einer Stunde wurde ich unruhig. Nun ja, so schnell wie ich sind sie bestimmt nicht aufgestiegen. Und nach eineinhalb Stunden machte ich mir Sorge. Sollte ich den Weg verfehlt haben? Das konnte nicht sein. Freilich, kleine Abzweigungen hatte ich unterwegs durchaus gesehen. Vielleicht eine größere, die richtige, bei dem raschen Aufstieg gar nicht bemerkt? Nach zwei Stunden bekam ich Angst. Was sollte ich denn machen, allein, in dieser menschenleeren Gegend, ohne wegkundigen Sherpa! Ein paar Tage vorher war ich spätnachmittags von unserm Zeltplatz aus noch ein wenig umhergewandert und dabei auf Hirten mit einer Yakherde gestoßen. Sie waren so erstaunt, eine Ausländerin allein durch die Gegend laufen zu sehen, dass sie mir Zeichen machten, mit ihnen zu kommen. Sie hatten geglaubt, ich hätte mich verirrt. Der Hilfe solch freundlicher Hirten hätte ich in dieser Situation bedurft, aber hier war nun keine Yakgegend mehr.«

»Klar, du befandest dich ja auf einer Kuhwiese.«

»Und das war Jungvieh, welches den Sommer über auf der Weide blieb. Hirten waren nicht zu erwarten.«

»Und dann?«

»...fing ich an, Panik zu spüren, als nämlich Nebel aufzog und mich und die Kühe einschloss. Auf einmal kam diese Kuh auf mich zu, wie um mir Mut zu machen. Sie schnupperte an meinem Rucksack, entfernte sich ein wenig, um wieder zu grasen, kam erneut nah an mich heran - und blieb dann bei mir. Da habe ich dieses Portraitfoto von ihr gemacht. Und sie folgte mir sogar, als ich bei dichter werdendem Nebel auf den Weg ging, damit die andern nicht etwa an mir vorbeiwanderten, ohne dass ich sie sah. Ist sie nicht hübsch? Du kannst alle Feinheiten ihres Gesichts erkennen.«

»Nun sag nicht vor lauter Begeisterung: alle Feinheiten ihres Antlitzes!«

»Nein! Ich glaube, du nimmst meine Geschichte gar nicht ernst!«

»Doch, natürlich tue ich das! Gerade jetzt ist es so aufregend! Erzähl weiter!«

»Nach knapp drei Stunden erschien schließlich einer der Sherpas. Er berichtete, was unterwegs passiert war: ein Wanderer klagte über die Hitze, über die Schwüle, über seine Erschöpfung. Plötzlich ließ er sich am Wegrand fallen und keuchte, er könnte keinen einzigen Schritt mehr schaffen. Als er schließlich wieder in der Lage war aufzubrechen, ging der Sherpa voraus, um mich einzuholen. Dass es schon fast drei Stunden waren, die ich hier oben wartete, konnte er sich kaum vorstellen. - Ich streichelte zum Abschied meine Kuh. Dann war ich es, die sich miserabel fühlte, nämlich als wir hinunter wanderten. Aus der Nebelzone kamen wir rasch heraus, aber für die Schönheit dieser nun ganz andern Landschaft hatte ich keinen Sinn. Ich war müde und lustlos. Fotos machte ich keine. Es ist seltsam, dass ich die Gegend trotzdem so deutlich vor Augen habe. Wir stiegen zunächst über eine mächtige Bergflanke ab, wo zahlreiche Terrassen für Reisfelder angelegt waren, eine in vielen Generationen geschaffene Kulturlandschaft. Anschließend ging es steil hinunter durch einen Wald, Flechten hingen an den Zweigen. Wie lange hatte ich keinen Wald mehr gesehen! Aber er interessierte mich nicht; er war für mich nur ein Zeichen dafür, dass wir uns von der Bergwelt entfernten. Ich litt unter der regenschweren Luft. Und dachte an die Schneegipfel, den Abschied und an die Kuh, die mich getröstet hatte.«

»Eigentlich symbolisiert das Foto der Kuh mehr als deine Bergliebe.«
»Ja, damit magst du recht haben.«

Ohne Bergstiefel.

Liebe Elisabeth,

Du wolltest genau erfahren, wie dieser Unfall geschehen ist. So versuche ich, Dir davon zu berichten. Zeit genug habe ich jetzt ja schließlich!

Die Männer von der Bergwacht meinen, es sei deshalb passiert, weil ich keine Stiefel anhatte. Nun gut, für sie muss das so ausgesehen haben: auf die Höhe gewandert, in Halbschuhen, verunglückt im Schnee. Grundsätzlich haben sie natürlich recht. Aber mit Stiefeln wäre mir das genauso passiert, denn ich bin nicht ausgerutscht oder umgeknickt, sondern mein Bein war ganz plötzlich bis zum Oberschenkel im Schnee verschwunden, dabei weiß ich doch ganz genau, wie leicht man einsakken kann, wenn man auf einem Schneefeld nicht genau den darunter verborgenen Pfad erwischt, sondern etwas danebentritt. Und wenn sich der Fuß dann verfängt zwischen einigen Steinen, die unter dem weichen Schnee versteckt liegen, man sich umdreht, um seine Freunde zu warnen, dann kann es schon mal einen Oberschenkelhalsbruch geben!

Nein, die fehlenden Stiefel waren nicht schuld, eher meine Lust, weiterzuwandern, obwohl dieser Vorschlag gar nicht einmal von mir stammte! Aber ich bin ihm gern gefolgt. Und vor allem natürlich mein Alter. Eigentlich taktvoll von der Bergwacht, dass sie nicht darauf hingewiesen haben. Ein jüngerer Mensch erleidet eben nicht so rasch einen Knochenbruch.

Dabei wollten wir nur einen Spaziergang machen. In dem Hochtal, in dem unsere Ferienwohnung liegt, blühten gerade die Glockenblumen

und Margeriten auf. Weiter oben, an einem kleinen Bach, wuchsen hell leuchtende Trollblumen, die uns lockten. Von da aus stößt man auf einen schmalen, aber bequemen Pfad, der, sehr einladend, sanft in die Höhe führt. Im vergangenen Jahr waren wir oft dort hinaufgewandert, einen Monat später, Anfang August. Es wachsen wunderschöne Blumen auf den Wiesen, besonders gut gefielen mir die verschiedenen duftenden Kleearten und das Fingerkraut.

Weißt Du, man durchschreitet, je höher man kommt, die Jahreszeiten rückwärts; es geht vom Sommer, durch den Frühling, und, weiter oben, fast in den Winter. So konnten wir zum Beispiel genau die Entstehung des Petersbarts beobachten: unten zunächst die Fruchtstände der Küchenschelle, eben den Petersbart, weiter oben die verwelkten Blüten, dann unterhalb der Schneegrenze die weiß-violett blühende Küchenschelle. Einige Büschel des blauen, stengellosen Enzians sahen wir auch. Der Pyrenäenhahnenfuß, dessen Blütenblätter im Wind zitterten, bedeckte eine große, feuchte Fläche. An einer Felsspalte blühten rötliche Bergprimeln. Zwischen noch ganz braunem Gras standen in einer Senke viele kleine, weiße Bergkrokusse, die darauf hinwiesen, dass noch vor kurzer Zeit hier Schnee gelegen hatte.

Und auf den stießen wir auch bald. Der Weg ging eine kurze Strecke lang abwärts, bevor er immer noch ziemlich sanft wieder hinauf führte, an einer Schutzhütte vorbei. Es war nur ein kleines Schneefeld. Wir kamen gar nicht auf die Idee, uns dadurch aufhalten zu lassen, zumal auf der andern Seite viele Soldanellen blühten. Einige waren durch die dünne Schneedecke gewachsen, die meisten standen etwas weiter entfernt zwischen dem bräunlichen Gras. Noch selten hatte ich so viele Soldanellen an einer einzigen Stelle blühen sehen. Es sah wunderhübsch aus.

Über das Schneefeld führte eine deutlich ausgetretene Spur; der folgte ich. In dem inzwischen sehr weichen Schnee sank ich tiefer ein als die Wanderer vor mir. Plötzlich sackte mein Bein ab. Ich drehte mich um: »Passt auf!«, empfand einen heftigen Schmerz und spürte, dass ich feststeckte.

Für Dieter und Brigitte war es sehr mühsam, mir herauszuhelfen, so wie es nun überhaupt anfing, mühsam zu werden! Denn das Bein konnte ich nicht gebrauchen. Sie schleppten mich zu der Hütte, legten mich auf eine Bank, die davor stand - die Tür war abgeschlossen - und schoben mir die Isolierdecke unter, die in Dieters Rucksack war. Er ist ja, selbst für den kürzesten Spaziergang, immer bestens ausgerüstet. Natürlich trug er auch Bergstiefel. Einen Reservepullover, den er dabei hatte, zogen sie mir an. Es war recht kühl geworden, Wolken stiegen auf. Einen weiten Blick hatten wir nicht, doch war ich zunächst froh, gut auf der Bank installiert zu sein.

Dann verstärkten sich die Schmerzen. Ich konnte sie wirklich nur schwer ertragen! Und ich sorgte mich um Dieter. Er hatte sich gleich an den Abstieg gemacht, während Brigitte bei mir blieb. Wenn er nun allzu sehr hetzte, ausrutschte, sich den Knöchel brach und dann ganz allein liegenblieb! Ohne Isolierdecke und zusätzlichen Pullover!

Wanderer waren kaum noch unterwegs. Alles durch meine Schuld! Bloß weil ich so ungeschickt mein Bein im Schnee verloren hatte! Hoffentlich bewegten nicht auch Brigitte so quälende Gedanken. Ich merkte, dass sie anfing zu frieren, und so überredete ich sie, ein bisschen umherzuwandern. Sie brauchte doch nicht die ganze Zeit neben mir auf der Bank zu hocken. So schlecht ging es mir wirklich nicht.

Als sie nach einem kleinen Gang zurückkam, versuchte sie, munter mit mir zu plaudern. Ich machte mit, aber lange hielten wir das nicht durch. »Ach, hoffentlich kommt Dieter rasch und gut da unten an!« seufzte sie einmal.

Die Zeit verging langsam, die Bank wurde hart, die Schmerzen noch schlimmer, es war mir kalt. So lachhaft, so jämmerlich endete meine lange, schöne Laufbahn als Bergwanderin: mein Bein versackt in einem Schneeloch, ich, abgelegt auf einer Bank!

Wir warteten weiter. Immer noch nichts. Wir stellten uns vor, wie Dieter wohl im Dorf angekommen ist. Wo geht er hin? Gleich in das erste Haus, das er sieht? Vielleicht wohnt da gerade ein Mitglied der Bergwacht? Aber wenn alle Männer woanders im Einsatz sind? Wie lange müssen wir hier wohl noch ausharren? Fast drei Stunden sind wir nun schon vor dieser Hütte. »Du, ich glaube, ich höre einen Hubschrauber!« Brigitte springt auf, unwillkürlich mache ich auch eine Bewegung, stöhne laut auf, Brigitte, die vorgelaufen ist, hört es nicht. »Ja, tatsächlich! Da ist der Hubschrauber,« ruft sie mir zu. »Unserer! Er fliegt in diese Richtung!«

Du kannst Dir kaum vorstellen, wie erleichtert wir waren! Brigitte blieb's, aber ich, ich konnte auf einmal den Lärm nicht ertragen. Warst du mal in der Nähe eines landenden Hubschraubers? Es ist unglaublich, was für einen Lärm und Sturm er produziert! Ich wusste, dieser Lärm wollte mich retten, aber er riß an meinen Nerven. Tränen schossen mir in die Augen, erst recht, als Dieter herausstieg. Er war so fröhlich. Dann kam ein Mann mit einer Trage, die aussah wie eine Wanne. Der Motor des Helikopters raste weiter. Lobend kommentierte der Mann die Isolierdecke, tadelnd meine Halbschuhe, die also schuld waren an dem Unfall. Ich wurde in die Wanne gehoben, festgeschnallt, warum denn so sorgfältig? Ich würde schon nicht weglaufen - bis ich begriff, dass die Trage unten an dem Hubschrauber befestigt werden sollte, so wie die Lasten, die Helikopter eben transportieren, Baumstämme, Vorräte für eine Berghütte, Baumaterial. Einmal hatte ich sogar gesehen, wie ein Rindvieh von einer Alm ins Tal geflogen wurde, mit einem breiten Gurt an den Hubschrauber gehängt an der Stelle, an der gleich ich baumeln werde. Ruhig und gelassen befand es sich dort, schaute nach unten, so als lege es den Weg mit diesem Verkehrsmittel täglich zurück. Panik ergriff mich. Ich stellte mir vor, wie ich an dem Hubschrauber hing, die Wanne schwankte hin und her. Dann, sobald er seine Höhe und sein Tempo gefunden hatte, pendelte ich unter der Maschine, nein, nicht direkt darunter, ich folgte, an den leicht nach hinten gebogenen Tragseilen - unter mir der Abgrund.

Plötzlich stand ich wieder oben auf dem Felsen, es war das erste Mal, dass ich mich abseilte, ich schaute hinab, da sollte ich nun hinunter! Ich drehte mich um, und, den Rücken dem Abgrund zugewandt, vertraute ich mich mit dem Mut der Verzweiflung dem Seil an. Dann, als ich den Rhythmus gefunden hatte, mich mit den Füßen abstieß, das Seil in den Händen hielt und spürte, dass ich gehalten wurde, war ich auf einmal voller Freude. Ich wusste, daß ich es schaffen würde, dass ich geschickter und stärker war als der Abgrund. Ich vertraute dem Felsen, dem Seil, den Bewegungen meines Körpers. Ich vertraute der Leere, in die ich mich hinabließ.

Aber diese Trage, auf die ich geschnallt war, verabscheute ich. Ich verabscheute den Helikopter. Ich verabscheute die Vorstellung, dass ich gleich, in diesen schrecklichen Lärm getaucht, dort baumeln werde. Ich hatte Angst vor dem Nichts unter mir: eines der beiden Tragseile reißt, die Wanne dreht sich zur Seite, die Gurte über meinem Körper lösen sich, ich kippe von der Trage, diese schwankt, an einem Seil festgehalten, nutzlos, in der Luft, ich schlage am Berghang auf!

Jetzt intensivierte sich der Lärm des Hubschraubers, die Riemen strafften sich, ich spürte die Erschütterung des Abflugs, ein furchtbarer Schmerz, vom Oberschenkel ausgehend, durchbrauste meinen ganzen Körper, ich fahre hoch, die Gurte zerren an mir, ich schreie auf, ich schreie - und weiß nichts mehr. Ein gütiger Engel ließ mich das Bewusstsein verlieren, nichts bekam ich mit, nichts davon, wie ich in der Luft hing, nichts davon, wie der Hubschrauber landete und ich ausgeklinkt wurde. Wie haben sie das nur gemacht? Wie andere Lasten, nur etwas sanfter? Nichts davon, wie ich zur ersten Hilfe ins Spital kam und verarztet wurde.

Inzwischen sind wir zurückgekehrt. Ich muss noch einige Zeit hier im Krankenhaus bleiben, wo Brigitte und Dieter mich jeden Tag besuchen. Nach meiner Entlassung soll ich noch so lange bei ihnen bleiben, bis ich wieder in der Lage bin, mich selbst zu versorgen und die Treppen zur zweiten Etage meiner eigenen Wohnung hinaufzusteigen.

Ich lese viel. Weißt Du, was ich am liebsten lese? Du wirst mich auslachen! Bergliteratur! Zum Beispiel über die Erstbesteigung des Matterhorns, Erzählungen vom Bergwandern, Berichte über Exkursionen im Himalaja. Schon lange habe ich mir gewünscht, für solche Lektüre Zeit zu haben. Und auch Briefe lese ich gern. Schreibst Du mir mal?

Deine Gisela

P.S. Ach übrigens, beinahe hätte ich vergessen zu erwähnen, dass mir meine Phantasie einen Streich gespielt hatte! Der Transport ins Krankenhaus wurde etwas anders bewerkstelligt: Im Hubschrauber nämlich, nicht außerhalb desselben!

Die letzte Rettung.

Rosenmontag, Februar 20...

Geschäftsleitung
der Chemischen Firma SULFUROX

Auswirkungen des Waldsterbens und der Erderwärmung auf Langlaufloipen

Sehr geehrte Damen und Herren,

als Vorsitzender des Hotel- und Gaststättenverbands Grünwald wende ich mich heute mit einer für uns eminent wichtigen Angelegenheit an Sie: Eine der Folgen der Erwärmung der Erdatmosphäre, die - wenn ich dies bemerken darf - durch Emissionen auch Ihrer Betriebe mitverursacht wird, ist der rasante Rückgang von Schnee im Schwarzwald.

Die durch Wald führenden Langlaufloipen sind bei Ausbleiben täglichen Neuschnees nach kurzer Zeit mit von sterbenden Bäumen herabfallenden Fichtennadeln, Flechten sowie mit kleineren und größeren, meist kahlen Zweigen bedeckt, was sowohl ein natürlicher Vorgang ist, als auch vor allem durch das Waldsterben verursacht wird. Die Spurenwagen können wegen der meist sehr dünnen Schneedecke nicht in der notwendigen Häufigkeit in Betrieb gesetzt werden; außerdem bedeuten sie eine zusätzliche ökologische Belastung des Waldes, von den Kosten einmal ganz abgesehen.

Loipen, derart mit Baumrückständen bedeckt,

- beeinträchtigen den Bewegungsrhythmus der Skiläuferinnen und Skiläufer,
- beschädigen ihr Material (Skier),
- verursachen Depressionen bei sensiblen, naturliebenden Urlauberinnen und Urlaubern.

Ihr Ausbleiben ist die Folge.
Dies wirkt sich außerordentlich geschäftsschädigend auf das Hotel- und Gaststättengewerbe aus.

Deshalb bedürfen wir dringend eines Produkts für die Entsorgung der Koniferenabfälle auf Loipen, welches wir uns folgendermaßen vorstellen:

- entweder als weißes Antifichtennadelpulver, das die Spurenwagen von vornherein beim Bahnen der Loipen verstreuen,
- oder als Antifichtennadelwachs, mit dem die Spurenwagen schon befallene Loipen behandeln.

Auf keinen Fall sollte das Mittel so entwickelt werden, dass Skiläuferinnen und Skiläufer selbst mit einem entsprechenden Wachs ausgestattet werden: Das Problem würde dadurch zu augenfällig.

Wir legen außerdem größten Wert darauf, dass dieses zu entwickelnde Produkt umweltfreundlich ist, weshalb es als Bio- oder Ökowachs bzw. -pulver bezeichnet werden könnte. Doch ist - das gebe ich zu - der Name cura posterior. Auf jeden Fall darf das Produkt nur Baumabfälle auf den Loipen beseitigen, nicht die auf dem Waldboden befindlichen Blätter, Zweige und Nadeln schädigen, da diese für die Humusbildung sehr wichtig sind, noch die aus dem Boden ragenden kleinen Wurzeln entfernen. Selbstverständlich dürfen auch nicht die Nadeln und Zweige, die sich an den Bäumen befinden, angegriffen werden. Dieses Antifichtennadelmittel muss selbstverständlich biologisch abbaubar sein, das heißt, bei der Schneeschmelze dürfen keine schädlichen Rückstände in den Waldboden eindringen. Sinnvoll wäre es, wenn das Biowachs die Koniferenabfälle gleich in Pulverschnee umwandelte; ob dies möglich ist, kann ich als Laie freilich nicht beurteilen, zumal es sich um verschiedene Farben handelt.

Sie werden verstehen, dass das Produkt bis zur nächsten Skisaison auf den Markt kommen muss,
- damit sich das Fernbleiben der Touristen nicht weiter fortsetzt,
- damit sich der Einsatz noch lohnt, bevor das Waldsterben allzuweit gediehen ist und der Schnee in den Mittelgebirgen vollständig ausbleibt.

Sie können sicher sein, dieses Produkt wird einen großen Abnehmerkreis finden!

In Erwartung Ihrer baldigen zustimmenden Antwort verbleibe ich mit freundlichen Grüßen Ihr

Vitus W.

Der arme Wurm.

Hafer oder Gerste, Weizen, Roggen oder Dinkel, Leinsamen, Nüsse, Sesam, Rosinen, Sonnenblumenkerne stehen, in verschiedenen Gläsern oder irdenen Gefäßen aufbewahrt, in einer Reihe griffbereit auf dem Küchenschrank. Auch die Haferflocken, die aber nur Annas Mann isst, während die weniger häufig benutzten Körner und Kerne sich unten im Schrank befinden: zum Beispiel Buchweizen, Kürbiskerne, Pistazien, ungeschälter Reis, im Solidarladen erstandene geröstete Bananenscheiben, gelegentlich auch Linsen.

Nach der Rückkehr aus den Ferien sahen sie es zuerst in den Haferflocken: dünne, klebrige Fädchen, die mit einigen Flocken zusammenklumpten. »Die kommen von den Maden der Kornmotte,« sagte Philipp. Er entfernte die befallenen Flocken, nahm ansonsten keinen Anstoß daran und fuhr fort, sich sein Müsli zu bereiten, das er anschließend mit Appetit aß. Nun, als Biologe, dessen Spezialgebiet Getreide ist - nein, nicht alternativ, sondern in den Forschungslabors einer chemi-

schen Firma - muss er es wohl wissen.

Anna lächelte ein wenig. Maden von Kornmotten hätte sie wohl eher in ihren ungespritzten Körnern aus dem Bioládchen erwartet als in den im Supermarkt gekauften Haferflocken ihres Mannes.

Am Tag darauf sah sie dann den ersten Wurm. Der krabbelte auf einer Teedose, der Dose mit schwarzem Tee, den ihr Mann trank, nicht auf einer der Tütchen und Gläser, die ihre vielen verschiedenen Kräuterteesorten enthielten. So sah er also aus: klein, gelblich, ziemlich fett. Nicht schön. Ein kleines Ekelgefühl überwindend, nahm sie ihn ab. Da auf der Teedose war er jedenfalls harmlos, denn an Tee, überhaupt an Kräuter jeglicher Art, gingen die Maden der Kornmotte nicht, so hatte ihr Philipp erklärt. Aber wo sollte sie das hässliche Würmchen hintun? Sie schaute zu ihrem Mann, der damit beschäftigt war, Milch für sein Haferflockenmüsli heißzumachen: sie selber nahm immer nur kalte Milch für ihr Getreide, das sie jeden Morgen frisch mahlte, nicht mit der Hand, nein, so wichtig war es ihr nun doch nicht, sie benutzte dazu eine elektrische Kaffeemühle. Philipp hätte den Wurm natürlich ohne zu zögern in den Abfalleimer geworfen. Es hatte ja auch keine Skrupel, die im Zimmer herumbrummenden Fliegen zu erschlagen, während Anna inzwischen eine recht geschickte Technik entwickelt hatte, sie lebendig aus dem Fenster zu befördern. Oder sie fing, wenn das nicht gelang, die auf der Fensterscheibe krabbelnden Fliegen mit Hilfe einer zur Fliegenfalle umfunktionierten Streichholzschachtel und ließ sie dann frei. Auf die Idee war übrigens Philipp gekommen. Und damit die Fliegenfalle nicht mit noch gefüllten Streichholzschachteln verwechselt wurde, hatte er ganz naturgetreu auf ein schachtelgroßes beziehungsweise -kleines Stück Papier eine Fliege gezeichnet und es dann auf die Falle geklebt. Was aber sollte sie mit dem armen Würmchen machen? Sie konnte es doch nicht so einfach in den dunklen Abfalleimer schmeißen! Nach kurzem Zögern legte sie es auf ein Haferkorn, ging über den Flur durchs Wohnzimmer auf den Balkon und warf den Wurm, der sich an dem Korn festklammerte, hinab auf den Rasen und mit ihm zugleich auch ihre Zweifel, ob das wohl die richtige Methode sei. Erst Tage später kam sie auf die Idee, dass einem Würmchen, das Getreide liebt, mit Gras nicht gedient wäre. Und selbst wenn: Würmer auf dem Rasen, das würde ihr auch nicht gefallen! Nun, da in der Küche, mit dem Wurm in der Hand, hatte sie schließlich nicht lange über dies Problem nachdenken können.

Als sie dann, wie jeden Morgen, eine Portion Körner auf ihre Hand schüttete, langsam, um zu prüfen, ob sich keine Unkrautsamen unter dem Getreide befanden, entdeckte sie, diesmal ohne zu lächeln, auch in ihrem Getreide ähnliche klebrige Fädchen wie Philipp gestern in seinen Haferflocken. Sie unterdrückte ihren ersten Impuls, das gerade angebrochene Kilo Hafer wegzuwerfen, sondern entfernte, mit etwas Widerwillen dem Beispiel ihres Mannes folgend, nur die wenigen wie in einem Spinnweb gefangenen Körner.

Als sie am Abend zum Essen beisammen in der Küche saßen, stellte Anna mit großer Erleichterung fest, dass sie nicht an ihrem Getreide, von dem der Wurm offensichtlich gekostet hatte, gestorben war, genausowenig wie Philipp am Tag zuvor an seinen Haferflocken. Eigentlich hatten sie für den Abend etwas anderes geplant, aber nun erschien es ihnen wichtiger, all die Gefäße auf dem Küchenschrank genau zu untersuchen. Philipp fand sie zuerst: zwei Maden in dem Glas mit Sonnenblumenkernen. Es machte ihm nichts aus, sie herauszuklauben: und schon waren sie im Abfalleimer verschwunden! Danach kippte er die Sonnenblumenkerne in einen Durchschlag, untersuchte sie genau, entfernte die angeknabberten Kerne und die mit den nun schon gut bekannten Fädchen umgarnten, holte noch eine weitere Made heraus und befand schließlich, dass sie den Großteil der Sonnenblumenkerne weiterhin, er seinen Haferflocken, sie ihrem gemahlenen Getreide, beimischen könnten. Anna unterzog derweil die Haselnüsse derselben Prozedur und zwang sich dazu, sie noch ganz in Ordnung zu finden. Aber die Sesamkörner! Erneut war ein Gang zum Balkon notwendig, dann noch einmal und wiederum! Schließlich fasste sie sich ein Herz kippte den ganzen Inhalt in den Abfalleimer, es war ohnehin nicht mehr viel - und weigerte sich, darüber nachzudenken, ob die weißgelblichen Sesamkörner einerseits und die Maden der Kornmotte andererseits zu retten gewesen wären.

Am Wochenende sollte der Salat mit mehr Ingredienzen versehen werden. Anna öffnete den unteren Teil des Küchenschranks und überlegte. Ja, die Kürbiskerne würden gut dazu schmecken. Die kleine Tüte aus durchsichtigem Papier fiel ihr fast aus der Hand: deutlich hoben sich mehrere gelbe Würmer von den grünen Kernen ab, auch kleine weiße Eier waren zu erkennen. Und die Walnüsse, die gleich daneben in einer ähnlichen Tüte standen! Ein kurzer Blick auf die anderen Vorräte: der letzte Rest des Hafers, der Reis (ungeschält), die Rosinen (ungeschwefelt), die Linsen (ungespritzt), die Pistazien aus Persien, der Grieß, alles war angefressen oder hell von den gelblichen Würmern, den in ihren Kokon eingesponnenen Puppen oder den weißen Eiern. Und da, zwischen den Tellern an der Seite krabbelte ein Wurm! Nun war es selbst Anna klar, daß sie all das Getier nicht den Weg über das Balkongitter gehen lassen konnte. Bei dem Anblick des infizierten Tüteninhalts war sie auch nicht in der Lage, Philipp zu erklären, dass man die armen Würmchen doch nicht ihrem Schicksal in dem Abfalleimer überlassen durfte. Ohne zu protestieren, half sie ihm, die Tüten in den Eimer zu werfen, den er schon bereitgestellt hatte, eine nach der anderen. Wenigstens würden die Würmer dort genug zum Fressen haben, und wer weiß, vielleicht könnten sie auch die Walze des Müllautos lebend überstehen. An ihr weiteres Schicksal zu denken, dazu hatte sie im Augenblick keine Zeit. Nun flog alles, was auch nur eine gewisse Ähnlichkeit mit Körnern und Kernen hatte, in den Eimer. Sie nahm sich auch nicht die Zeit, Philipp zu fragen, ob Kornmotten und andere Motten sich zum Beispiel für Mohn interessieren. Weg mit dem Mohn, wozu braucht sie überhaupt Mohn! Auch die gerösteten Bananen, die ja nun wirklich nichts mit Körnern zu tun haben, mussten daran glauben, obwohl sie ganz intakt aussahen, aber wer weiß! Die Tüte Mehl konnte Philipp gerade noch retten: »Daran gehen Kornmotten nicht. Im Mehl sind höchstens andere Schädlinge.« Ganz munter sagte er das, denn ihn störte diese Madeninvasion nicht besonders. Und während sie noch dabei war, nun auch die erst vor zwei Tagen kontrollierten und für passabel gehaltenen Sonnenblumenkerne wegzuwerfen, die Anna aber jetzt nach dem bewegenden Anblick all der Würmer nicht mehr ertragen konnte, hatte er schon damit begonnen, den ganzen Schrank zu leeren und auszuwaschen: neben ihm stand ein Eimer voll konzentrierter Lauge, gekrönt von einem dichten weißen Schaumberg. Dabei klärte er sie auf: »Weißt du, das kann sehr leicht passieren. Kornmotten fliegen jetzt im Frühsommer, sie vermehren sich rasch, vor allem, wenn sie sich im Schrank ausbreiten können, ungestört von den Besitzern, die auf Reisen sind.«

Mit ihrem Vorschlag, das Geschirr, auf dem sie einen Wurm hatte krabbeln sehen - und wie manch andere mochten auch vorher darüber spaziert sein - in einer Extraschüssel, nicht in der üblichen Spülschüssel abzuwaschen, war er einverstanden, während Anna sich jetzt die Schubladen vornahm, in denen sie zum Beispiel gebrauchtes, aber noch ziemlich unzerknittertes Geschenkpapier, ein Kochbuch und ihr Kräuternachschlagewerk aufhob: keine sinnlose Aktion, denn auch dort fand sie noch eine Made, die sie mit Abscheu und Mitleid in den Abfalleimer legte. Und jetzt konnte dieser Eimer endlich hinausgebracht und in die Mülltonne im Keller geleert werden, wo auch der fast ganz neue Putzlappen landete, den Anna bei einem Hausierer gekauft hatte. Das Geschirr- und auch das Handtuch warf sie sofort in den Wäschekorb.

Es war ihr selber nicht ganz klar, was sie mehr angriff: die Tatsache ihres verwurmten Schranks, ihr dadurch verletztes Hausfrauengefühl, welches zwar nur schwach entwickelt, aber doch vorhanden war, oder die Notwendigkeit, die armen Tierchen wegzuschmeißen. Jedenfalls war sie sehr froh über das Ausbleiben jeglicher Bemerkung, die Philipp hätte machen können, etwa in dem Sinne, so etwas passiere eben leicht, wenn man darauf bestehe, ungespritzte Körner zu haben, und dass, wenn einem dies wichtig sei - obwohl die heutige Art, das Getreide zu behandeln, überhaupt nicht mehr gesundheitsgefährdend sei, - was sie ihm ja auch wirklich glaubte, man eben die Konsequenzen tragen müsse.

Für den Schrank und dessen Inhalt war nun alles getan. Warum sie die Wände ihrer Küche mit ihren Augen absuchte - wenn Würmer sich nicht für Tee interessieren, dann doch sicher sehr viel weniger für Baumaterial - hätte sie nicht erklären können: Da in der Ecke, war da nicht auch etwas Gelbes, eingehüllt in eine dünne, weißliche Watteschicht? Hatte sich dort wirklich eine Made eingesponnen?

»Philipp, schau mal, oben in der Ecke!« Sie konnte jetzt nur noch flüstern. »Und da, an der Wand über dem Schrank!«

Gelassen pflückte Philipp die gelben Wattebäuschchen von der Wand. »An der Decke kriecht auch noch ein Wurm!« Als er vom Stuhl stieg und sie ihm die Hand reichte, weniger, um ihm zu helfen als selber hilfesuchend, fiel ihr Blick auf die Zuckerdose, die noch vom Kaffeetrinken her auf dem Tisch stand. »Da ist einer reingefallen!«

Es gelang ihm nicht gleich, die Made in dem Zucker zu fassen zu bekommen, jedenfalls war sie plötzlich in der weißen Substanz verschwunden. Anna schaute zu, wie Philipp die Dose hin und her schüttelte, wobei der Wurm, mit großen Zuckerkörnchen weiß paniert, wieder auftauchte. Er nahm ihn heraus und räumte die Zuckerdose auf ihren Platz. »Du schüttest den Zucker nicht weg?« - »Nein, warum?« Noch einmal, er muss es ja schließlich wissen. Er hat ja - beruflich - oft genug Kontakt zu Kornmotten. Anna selbst nahm nie Zucker in ihren Tee.

War die Reinigungsaktion nun wirklich beendet? Sie konnte nicht erleichtert aufatmen, denn irgendwo gab es gewiss noch eines dieser Untiere. Skeptisch schaute sie auf die Salatsoße, die die ganze Zeit dabeigestanden hatte und nun vergeblich ihrer Kürbiskerne harrte. Am liebsten hätte sie noch die Soße weggeschüttet, auch die Salatblätter, oder sie wenigstens noch einmal gewaschen. Doch schon hatte Philipp den Salat mit der Soße vermengt. Ihm schmeckte es sehr gut. Aber die beim Essen von ihr begonnene Spekulation, wie weit entwickelt das Nervensystem von Würmern wohl sei, und ob sie eine Überlebenschance auf der Müllhalde hätten, war für ihn mehr von theoretischem Interesse.

Am nächsten Tag, als Philipp die von Anna zurechtgelegte Tischdecke auf dem Balkontisch ausbreitete, fragte er: »Übrigens, wo hat die Tischdecke gelegen?« - »In einer Schublade im Küchenschrank.« - »Darum, es war nämlich ein Wurm drin.«

»Du liebst alles, was ist, und verabscheust nichts, was du gemacht hast - Du schonst alles, weil es dein Eigentum ist, Herr, du Freund des Lebens; denn in allem ist dein unvergänglicher Geist.«
Aus dem Buch der Weisheit II, 25,2

Der Duftgärtner

»O ja, andere Gärtner halten mich für einen Spinner! Vielleicht haben sie recht. Leben kann ich jedenfalls nicht von dieser Gärtnerei. Was auch nicht nötig ist. Dafür habe ich meinen Blumenladen, in dem die Kunden genau das erhalten, was sie erwarten. Das ist auch sehr schön; aber vor allem interessiere ich mich für diesen Duftgarten.«

Wir saßen an einem warmen Spätnachmittag Ende Juni unter einer noch jungen Linde, deren Blüten viele Bienen angelockt hatten und den Hof mit einem wunderbaren Duft erfüllten: der spinnete Gärtner und ich, sein etwas skeptischer Gast, dem er seine Gärtnerei zeigen wollte.

»Sind es wirklich allein die Düfte der Pflanzen, die Sie bei der Anlage hier geleitet haben?« - »So ist es. Pflanzen, die keinen für uns Menschen wahrnehmbaren Duft ausströmen - seien sie noch so schön für das Auge - fehlen - von wenigen Ausnahmen abgesehen. Kräuter, Blumen, Sträucher, Stauden, Bäume aber, die oft keine Beachtung in einer Gärtnerei finden, sind in meinem Duftgarten vertreten.« In diesem Augenblick begann über uns in der Linde eine Amsel zu singen. »Wir schauen kaum zu dem Vogel auf, wir hören ihm lieber zu: unser Gehörsinn nimmt ihn wahr, weniger unsere Augen.

Bei Blumen ist das für viele Menschen ganz anders. Natürlich können wir uns auch für kurze Augenblicke am Duft mancher Blumen freuen, aber wir wählen sie, wenn wir sie kaufen, ihrer Schönheit, nicht ihres

Duftes wegen. Einige Leute unseres kleinen Orts habe ich übrigens schon angesteckt! Wenn im Gemeindesaal ein Konzert oder ein Fest stattfindet, werde ich beauftragt, für den Blumenschmuck zu sorgen, so dass nicht nur der Anblick der Blumen schön ist, sondern der gesamte Raum von ihrem Duft erfüllt wird. Das Publikum ist zuerst überrascht, dann ganz begeistert.«

Das Haus des Duftgärtners lag am Fuß eines kleinen Hügels, dessen oberer Teil bewaldet war, ebenso wie die beiden Seiten, die den Hügel abgrenzten. In der Mitte befand sich ein aufsteigendes Halbrund, einem griechischen Theater ähnlich, ohne Bäume. Im Zentrum dieser sich nach oben hinstreckenden Fläche war eine kleine Vertiefung. »Dort in der Mulde, auf die Sie gerade schauen, ist der Blumengarten, oberhalb, in Richtung des Waldes, der Kräutergarten; beide liegen fast den ganzen Tag in der Sonne. Dort oben stehen auch meine Bienenkästen.
An dem Waldsaum, im Westen, fließt ein kleiner Bach, an dessen Rand ich einige Pappeln, die feuchten Boden brauchen, gesetzt habe. Auf der anderen Seite breitet sich zwischen Wald und Blumengarten ein kleines Roggenfeld aus.« - »Ein Roggenfeld?« - »Ja, wenn Sie wollen, können wir dort unsere Besichtigung beginnen.«

Während wir uns dem Feld näherten, hatte ich keine Erklärung mehr nötig, denn noch bevor wir es erreicht hatten, kam uns der herbe Duft des gerade blühenden Getreides entgegen. »Auch andere Getreidearten haben ihren Duft, am auffälligsten aber ist der des Roggens. Die Kamille, die Sie am Rande des Feldes sehen, wird, nachdem die Halme geschnitten sind, das ganze Feld überwuchern und uns bis weit in den September mit Blütenduft versorgen, vor allem in der warmen Nachmittagssonne.«

Vom Waldrand zog mich nun ein süßer Duft an, der sich stark von dem des Roggens unterschied. Ich sah Büsche, auf denen zartgliedrige weißgelbe Elfen einen Reigen aufzuführen schienen.
»Das Geißblatt findet man auch in manchen Gärten an Zäunen und Mauern, doch in einer Gärtnerei wird es nicht angeboten; es verblüht zu rasch. Aber man kann sich für eine Wohnung kaum einen schöneren Blumenschmuck vorstellen. Während manche Blüten ihren Duft nur zu bestimmten Tageszeiten entwickeln oder nur dann, wenn sie von der Sonne beschienen werden, strömt das Geißblatt seinen Duft immer

aus, auch abends, und nicht nur am Strauch, sondern ebenso, wenn die Blüten gepflückt worden sind, wodurch sie das ganze Zimmer mit ihrem wunderbaren Duft durchdringen. Sie gehören übrigens zu den ersten Pflanzen, die ich in meinen Duftgarten gesetzt habe.

Der Pfeifenstrauch, den man fälschlicherweise Jasmin nennt - der echte Jasmin blüht im Winter - hat ganz ähnliche Eigenschaften. Es ist, als hätten diese Pflanzen den größten Teil ihrer Kraft in die Duftstoffe gesteckt. Sehr bald, nach dem ein Jasminstrauß ein Zimmer parfümiert hat, fallen seine Blüten ab. Auch am Strauch verblühen sie rasch, obwohl es dort nicht so auffällig ist, weil eine Zeitlang neue Blüten nachwachsen. Meine Jasminbüsche stehen dort, am Rand des Blumengartens.«

Ich stand da, fasziniert vom Duft der blühenden Geißblattbüsche. Ich schloss die Augen und empfand intensiv die Schönheit des Duftes, nur ihres Duftes, ohne die Assoziationen, mit denen sonst Duft verbunden

ist. Und mir wurde klar, wie wenig ich bisher auf Düfte geachtet hatte, wie sie kaum für mich existiert hatten. Mich bewegte vor allem, was ich mit den Augen wahrnahm: begierig schaute ich auf Pflanzen, Bäume, Landschaften, Kunstwerke sowie auf das, was durch die Ohren in mich drang: Töne, Klänge, Musik. Einen Duft registrierte ich, aber vergaß ihn rasch wieder.

»So wie jeder gute Gartenbesitzer darauf achtet, dass er während einer möglichst langen Periode etwas Blühendes in seinem Garten hat, von Schneeglöckchen im Vorfrühling bis zu Chrysanthemen im Spätherbst und dem - echten - Jasmin mit seinen kleinen gelben Blütchen an milden Wintertagen, so versuche ich, von Frühling bis Herbst etwas Duftendes zu haben, wobei freilich der Juni besonders privilegiert ist.« Inzwischen waren wir in der Mulde angelangt, in der der Blumengarten angelegt war. Ein unbeschreiblicher Duft, aus den verschiedensten Parfums zusammengesetzt, kam mir entgegen.

»Die Lage des Blumengartens in dieser Mulde ist wichtig. Die Winde konzentrieren alle Düfte auf dieses etwas tiefer liegende Gelände. Betrachten Sie die Rosenbeete. Kenner stellen sofort das Fehlen einiger bekannter Sorten fest, zum Beispiel des Roten Sterns, einer wegen ihrer tiefroten Blüten und ihrer Wüchsigkeit sehr beliebten Sorte: sie ist eine Rose, die nicht duftet. Auch auf die Queen Elizabeth mit ihren großen wunderbaren Knospen habe ich verzichtet, weil sie kaum duftet.«

Ich wandte mich einem Stock roter Rosen zu und atmete ihren Duft tief ein: »Das ist eine Papa Meillant. Versuchen Sie auch diese Rose: sie heißt Duftgold. Die rote Beetrose hier hat man Duftwolke genannt. Und ausgezeichnet duftet auch die rote Piroschka.«

Immer wieder ging ich durch den Garten und sog den Duft der Rosen ein. Einige Blüten zogen mich besonders an: als ich ihren Namen hörte

- Erotica - gefiel mir ihr Duft noch besser. Ich konnte mich kaum von der Erotica trennen, während der Gärtner inzwischen schon vor seinem Lilienbeet stand. »Auch hier sehen Sie keine vollständige Sammlung von Lilienarten, nur Bauernlilien, die Sorte, die am schönsten duftet.«

Er zeigte mir sein Nelkenbeet, wies mich auf die jetzt freilich nicht mehr blühenden Vorfrühlings- und Frühlingsblumen hin, wie Veilchen, Maiglöckchen, Hyazinthen, Goldlack, und führte mich anschließend zu einem großen Beet süß duftender Wicken, deren zarte grüne Blätter und bunte Blüten von dem leichten Wind hin- und her bewegt wurden. »Und dies ist Phlox, der jetzt im Juni noch vor der Blüte und vor dem Duft steht. Probieren Sie ihn, wenn Sie die Gelegenheit dazu haben. Er ist Anfang Juli erblüht und hat einen ganz besonderen, reichhaltigen Duft, süß und herb zugleich, einen Duft, der die ganze Fülle des Sommers enthält.

Die Tagetes hier wird auch als ›stinkender Hochmut‹ bezeichnet, meiner Meinung nach zu Unrecht: ich finde ihren Duft ziemlich apart.« Ich meinerseits fand den Namen nicht so unpassend, aber ich war ja kein Geruchsspezialist wie der Gärtner.

Doch auch als Laie auf diesem Gebiet war ich tief beeindruckt von all diesen Düften. Allmählich begann ich mich matt und benommen zu fühlen, und es schwirrte in meinem Kopf, als seien die Bienen des Blumengartens in meinen Schädel eingedrungen. Es war sehr warm, fast schwül, und ich freute mich über eine kleine Pause in der mit Glyzinien bewachsenen Pergola, neben der Frühlingsbüsche wie Flieder und Schneeball standen.

Während wir im Schatten saßen, suchte ich Formulierungen, um den Duft der Umgebung, den ich genoss, in Worte zu fassen. Doch merkte ich, daß ich sogleich an Grenzen stieß, denn es fehlten mir die Begriffe,

die ich brauchte, um mein Empfinden angesichts der Fülle der Düfte auszudrücken. Ich kann sagen: die Blume duftet, aber wie soll ich mein Kosten des Duftes nennen? Ich dufte die Blüten, ja, gerade das tue ich an diesem Nachmittag. Inhaltlich ist das richtig, aber das Verb duften erlaubt keine solche Ergänzung. Also: Ich rieche an den Blüten. Wie prosaisch klingt das aber! Grammatisch ist es nun richtig, nicht aber inhaltlich, denn es bedeutet lediglich, dass ich meinen Geruchssinn in Aktion setze, nicht aber, was dieser dabei wahrnimmt, ob das Ergebnis meiner Riech-Aktion mir gefällt oder mich abstößt oder ob ich gar nichts aufnehme. Und ›Geruchssinn‹! Dieses Wort gefällt mir in diesem Zusammenhang nicht, ›Nase‹ auch nicht. Dagegen können die Wörter

›Auge‹, ›Mund‹ poetisch klingen und sehr angenehme Assoziationen erwecken.

Wie viele Verben existieren, mit denen wir alles, was mit dem Sehen zusammenhängt, benennen können: schauen, blicken, starren, blinzeln; beobachten, betrachten, erkennen; ansehen, hinsehen, fortsehen, übersehen.
Und wie selbstverständlich benutzen wir die vielen Wörter für das Sprechen: flüstern, hauchen, krächzen, schreien, brüllen, hervorstoßen; erzählen, schildern, berichten, diskutieren, argumentieren.

Für den Bereich der Düfte aber ist man, falls man nicht immer dasselbe Wort verwenden will, auf Umschreibungen angewiesen. An Adjektiven herrscht ebenfalls Mangel, zumal ›duftig‹ mit einer andern Bedeutung belegt ist.

Wie reich ist da die Akustik ausgestattet:
lärmend, laut, geräuschvoll, schallend, kreischend, tosend, leise, gedämpft, säuselnd.

Freilich gibt es bei den Duftwörtern jeweils die Möglichkeit, das Gegenteil auszudrücken, aber nur sehr beschränkt, zumal die Wörter ›stinken, Gestank‹ wegen ihrer allzu konkreten Sinnenhaftigkeit oft vermieden werden und dafür die ohnehin mit vielerlei Inhalt beladenen Wörter ›Geruch, riechen‹ als Euphemismus herhalten müssen.

Soweit waren meine sprachlichen Überlegungen zu dem für den Nasenbereich vorhandenen Vokabular gediehen, als der Gärtner mich unterbrach und auf einen völlig anderen Aspekt von Duft aufmerksam machte: »Mein Duftgarten hat einige erstaunliche, einige unerwartete Wirkungen auf andere Menschen. Immer wieder besucht uns zum Beispiel eine Freundin meiner Frau, um Spaziergänge hier zu machen; sie muss mit dem Essen sehr zurückhaltend sein, was, wie sie meint, ihr in diesem Garten viel leichter fällt. Sie bedürfe hier keiner Nahrung, der Duft der Blüten mache sie schon satt.

Und noch andere Besucher kommen: Pfleger und Schwestern mit einigen depressiven Patienten aus der in der Nähe gelegenen Klinik. Auch wenn die Kranken allen Zugang zur äußeren Welt verloren haben und sich für nichts mehr interessieren: dem Duft des Blumengartens können sie sich nicht verschließen, er strömt auf sie ein. Für manche wird er zu einem Symbol des Lebens. Er hilft ihnen, neues Interesse an der Außenwelt zu gewinnen.«

Er stand auf, um mir nun seinen duftenden Kräutergarten zu zeigen. Ich folgte ihm, zunächst etwas schwunglos, denn die Luft schien mir noch schwerer und drückender geworden zu sein, wie vor einem Gewitter.

»Wenn Sie ihn mit den Kräuterfeldern in der Provence vergleichen, werden Sie enttäuscht sein. In unserem manchmal recht rauhen Klima ist nicht das Gleiche wie in der Milde Südeuropas zu erreichen.«

Aber es war falsche Bescheidenheit: in dem von dem Blumengarten durch Steine abgetrennten Teil seines Duftgartens hatte er eine reichhaltige Kräuterpflanzung angelegt. Einige Kräuter erkannte ich, wie Dill, Pfefferminze, Liebstöckl, Salbei, Majoran, bei anderen mußte er mir die Namen sagen: Pastinak, Resede, Levkoje. Am oberen Rand, wo der Hügel ziemlich steil wurde, wuchsen Wermut, Lavendel und Thymian. »Da diese Kräuter verschiedener Erde bedürfen, pflanze ich alle Arten in eine unterirdische Wanne aus Stein, in der sich der ihnen eigentümliche Boden befindet. So gedeiht Thymian nur in kalkreicher Erde - dieser Boden hier ist kalkarm.«

Er kletterte hinauf zu den Wermutbüschen, pflückte einige der Blätter ab und zerrieb sie zwischen den Fingern: »Auf diese Weise kann man das Aroma vieler Kräuter sehr viel besser feststellen. Hier und auch bei den Holunderbüschen am Waldrand halten sich gern die Dorfbewohner auf, wenn sie erkältet sind. Denn die durch das Zerreiben freigesetzten ätherischen Öle erleichtern ihnen das Atmen.«

Auf den Rückweg näherten wir uns dem Waldrand im Westen. Zunächst kamen wir an einer blühenden Wiese vorbei.
»Jeder Gartenliebhaber achtet darauf, dass in seinem Rasen keine Blumen, erst recht keine Unkräuter wachsen. Auch die Bauern sehen manche Blumen nicht gern zwischen ihrem Gras. Aber ich freue mich über alle Blüten und Blumen, ich habe auch einige gesät: im Frühjahr sind die Wiesen voll von gelbem Löwenzahn, dann kommen die Margeriten, (die übrigens beim Verwelken ziemlich übel riechen). Jetzt können Sie Hahnenfuß sehen, Lichtnelken, Glockenblumen, Knopfkraut und an feuchteren Stellen den Schlangenknöterich. Damit fällt die Wiese aus meinem Duftprinzip heraus, da Wiesenblüten keinen besonderen Duft entwickeln, außer der Hauhechel, die im Spätsommer blüht und ihren charakteristischen Duft verbreitet.
Doch einige wildwachsende Heilpflanzen sind zu dieser Jahreszeit duftend: hier direkt am Pfad zum Beispiel der gelbe Rainfarn; die weißgelben Blütenbüschel auf den schlanken Stengeln am Bachrand tragen ihren Duft sozusagen in ihrem Namen: Mähdesüß.«

An den inzwischen verblühten Obstbäumen entlang - »sie werden wieder Duft abgeben, wenn die Früchte reif sind, einen Duftstoff, der ihre Reife anzeigt« - kamen wir zu den Pappeln, die am Waldrand standen. »Sie sind vor allem an Regentagen wichtig, denn nur bei Regen entwickeln sie ihren Duft, herb und erfrischend. Im Herbst, wenn die Blätter fallen, riechen sie bei feuchtem Wetter eher modrig, wozu noch der Geruch der Pilze im Wald kommt.«

Erschöpft blieb ich unter den Pappeln stehe. Die Blütendolde des Mähdesüß, die ich noch in der Hand hielt und deren Duft mich begleitete, warf ich fort: für mich war es nun genug der süßen Düfte. Vergeblich versuchte ich, den erfrischenden Geruch der Pappeln wahrzunehmen, aber die Bäume gaben ihn nicht preis. Fast angenehm war mir in diesem Augenblick sogar das Aroma des Bärenlauchs, dessen Blätter der Gärtner zwischen seinen Fingern zerrieb, um mir das Beispiel einer Pflanze zu geben, die man normalerweise eher als stinkend bezeichnen würde.
»Darf ich Sie zum Schluss noch mit einer anderen Marotte bekannt machen? Am Rand des Blumengartens, an dem wir vorbeikommen, wenn wir wieder zum Hof zurückgehen, habe ich einen Farbgarten angelegt, oder besser einen ›Blaugarten‹. Ist Ihnen jemals aufgefallen, dass im Vergleich zu anderen Farben unter den Pflanzen das Blau gar nicht sehr häufig ist? Vor allem nicht unter den Gartenblumen.«

Inzwischen waren wir an dem Blaugarten angekommen.
»Jetzt beginnen gerade die Kornblumen, von denen ich ein kleines Beet angelegt habe, zu blühen, vielleicht haben Sie vorhin einige in dem Roggenfeld stehen sehen. Im Frühjahr wachsen hier blaue Krokusse; es gelang mir auch, blauen Enzian zu ziehen; die Stauden da sind wilder blauer Rittersporn. Im nächster Jahr werde ich weiße Blüten dazwischen setzen, als Kontrast zu dem Blau, das dann noch besser zur Geltung kommen wird. Die Blausaison ist früh beendet mit den Blaubeeren im August, dann tauchen die Herbstfarben der Pflanzen auf, gelb, rostbraun, rot in allen Schattierungen. Im Hinblick auf diese Zeit habe ich einige Chrysanthemen unter den Ahorn in der Nähe der Pergola gepflanzt, die in den gleichen Farben wie der sich verfärbende Baum blühen und eine wunderschöne Komposition von Herbstfarben bilden. Und - damit sind wir wieder bei der Düften - einen intensiven Herbstduft verbreiten.«

Als wir wieder unter der duftenden Linde saßen, nun bei einem Glas Wein, näherte sich rasch das Gewitter: die Luft war noch drückender, es herrschte eine Atmosphäre, in der, wie der Gärtner erklärte, die Düfte sich intensivieren.

»Ja, wie ich sagte, halten mich manche Menschen für ein bisschen verrückt, aber der Duft gehört mit zum Leben, vielleicht ist er sogar der intensivste Ausdruck des Lebens. In der Natur, bei den meisten Pflanzen und Tieren, gäbe es ohne Duft keine Fortpflanzung. Ein Hengst, um ein Beispiel aus dem Bereich der größeren Tiere zu nehmen, erkennt am Duft der Stute, daß sie paarungsbereit ist. Unter den Käfern ziehen sich Männchen und Weibchen durch ihre Duftstoffe an. Die Pflanzen locken die Insekten, die sie befruchten, durch den Duft ihrer Blüten. Ihr Duft ist bestimmt für ihre Reproduktion, er ist nicht geschaffen für die Menschen, aber diese können sich an den Düften, soweit sie sie wahrnehmen, erfreuen. Auf verschiedene Weise, auch zum Beispiel indem sie Parfums, hergestellt aus dem Aroma von Pflanzen, auflegen, lockende, anziehende Parfums, oder - indem sie duftende Pflanzen in einem speziellen Garten vereinen und kultivieren.«

Die Düfte, der Wein, die Gewitterluft bemächtigten sich meiner. Ich schreckte auf, als dem ersten Blitz nach kurzer Pause ein lauter Donner folgte. Das Gewitter kam näher, fast gleichzeitig blitzte und donnerte es nun. Das Gewitter zog mich an und bedrückte mich zugleich. Nur ungern folgte ich dem Gärtner ins Haus.

Nach dem heftigen Gewitterschauer verabschiedete ich mich von ihm. Es wurde kühl draußen, der Duft der Lindenblüten war fast verschwunden, von Westen kam ein leichter, erfrischender Pappelgeruch. Ich atmete ein paar Mal tief und versuchte, meinen aus verschiedenen Bestandteilen zusammengesetzten Rausch abzuschütteln. Auf dem Rückweg machte ich mit meinem Fahrrad einen kleinen Umweg, um so nah wie möglich an den vom Regen triefenden, duftenden Pappeln vorbeizufahren.